MW01226757

TASCABILI BOMPIANI   329

FABIOLA DE CLERCQ
TUTTO IL PANE DEL MONDO
CRONACA DI UNA VITA
TRA ANORESSIA E BULIMIA

**Nuova edizione con un poscritto
di Fabiola e Marzia De Clercq**

BEST SELLER

ISBN 978-88-452-6639-3

XIX edizione Tascabili Bompiani giugno 2013

a Marzia
a Myriam, Luciana, Ami e Cinzia
a Antonella
a Giovanna

alle meravigliose donne che mi insegnano
ancora ogni giorno il valore dell'amore

Probabilmente non camminavo ancora perché ero nelle sue braccia. Faceva freddo e c'era un albero diverso da quelli che già conoscevo. Era, ne sono certa, un salice piangente.

Avevamo dormito in un albergo tra Bruxelles e Cannes, dove passavamo l'estate, e papà era sceso in un prato per mostrarmi le pecore. Ma era il calore del suo abbraccio che mi rendeva felice.

È questo contatto che ho cercato per tutta la vita.

Attraverso la mia malattia ho inventato un personaggio e l'ho difeso strenuamente per diciassette anni, mettendo in uno stato di soggezione le persone che mi circondano per non essere influenzata da atteggiamenti e pareri che non mi fanno comodo. Faccio sforzi sovrumani per dimostrare che la mia condizione non mi impedisce di fare una vita apparentemente normale.

Nello stato di deperimento in cui sono sfido il freddo, il caldo, la stanchezza e… la fame.

Per dimostrare la mia volontà di vivere malgrado tutto, io non vivo. Sto mimando la vita come un'attrice interpreta una parte. Ora non sono più capace di uscirne.

Quando ho incominciato a mangiare e vomitare mi sentivo euforica, era come avere trovato il modo di rinascere ogni volta che io lo volevo. Questo mi aiutava a liberarmi da tutte le angosce, mi sentivo padrona del mio corpo e della mia mente finalmente purificati e mi ero convinta che quello fosse un modo di vivere come un altro.

Oggi vomito il vuoto, non mangio più per riempirlo; quando vomito ho la sensazione di vomitare una placenta vuota.

Ho voluto inconsciamente attirare l'attenzione' su di me, rischiando di morire. E nessuno crede più alla mia guarigione.

Avevo approfittato della distrazione di mia madre, che vedevo molto impegnata in una conversazione con mia nonna, per arrampicarmi sulla balaustra del terrazzo. Avevo tre anni. Cercavo di acchiappare i sassolini che un mio giovanissimo cugino mi lanciava dal giardino dei nonni.

Un'altra mia cuginetta teneva stretto il mio braccio, ingessato in seguito a una recente caduta dal triciclo, con l'altro cercavo di afferrare il sassolino.

Ancora oggi mio cugino racconta con quale stupore mi vide atterrare dal secondo piano. Mi guardava impietrito mentre urlavo con tutte le mie forze. Ero caduta supina.

Passarono alcuni minuti prima che corresse verso la vetrata del salone dove si era radunata tutta la famiglia dopo il pranzo. Tornò immediatamente, ma da solo.

Mi ero messa a strillare ancora più forte. Non sentivo nessun dolore, ma ero incapace di muovermi dallo spavento. Il bambino dopo avermi osservata attentamente ricominciò a correre. È strano che non abbia provato ad alzarmi. Probabilmente era troppo impressionato. Tornò dopo pochi secondi accompagnato da mio zio Guy. Gli aveva spiegato un'altra volta che ero caduta, aggiungendo "dal terrazzo della camera di nonna".

Cercarono di adagiarmi sui cuscini del divano. Mia madre nel frattempo era svenuta tra le braccia di mio padre e quando entrai nel salone, ormai calma e tranquillizzata, la vidi pallida, piccola e fragile.

Una vecchia zia era inginocchiata davanti a un crocefisso d'avorio. C'era molto fumo, l'odore di tabacco dolce e di legna bruciata mi rassicurava. Ero serena, e quando il mio bisnonno si inginocchiò vicino a me, giocai con il lobo del suo orecchio, mi sorrideva, lo amavo molto e non provavo il senso di timore che incuteva a tutti, grandi e piccoli.

Ero stordita, ma molto attenta a tutto quello che mi circondava. Mio zio Guy urlava al telefono. Stava chiamando le autoambulanze delle due cliniche del quartiere. Mi misero nella prima che arrivò. Penso di aver cancellato il ricordo di quel momento.

Poco dopo mi trovai sul lettino del pronto soccorso. Due medici si erano chinati su di me e con orrore vidi che si accingevano a tagliare il mio vestito nuovo di flanella bianca. Scoppiai in un pianto dirotto. Non so in che modo mi spiegarono che dovevano tagliarmi tutti gli indumenti che portavo per evitare di muovermi e farmi delle radiografie.

Non avevo nessun tipo di frattura e nessuna ferita, dissero ai miei genitori che mi avrebbero tenuta in osservazione per tutta la notte in modo da escludere qualsiasi lesione interna.

Passai la notte in un lettino a sbarre, di ferro bianco, papà era seduto vicino a me e non lasciò la mia mano fino all'alba. Mia madre rimase a casa ad angosciarsi. Si aspettava che da un momento all'altro la avrebbero avvertita della mia morte.

Il giorno dopo mi riportarono a casa dei nonni per una lunga convalescenza. Ero riuscita con quell'incidente ad attirare l'attenzione di tutti su di me.

Era uno dei primi pomeriggi d'inverno.

Mia madre aspettava la nascita di mio fratello. Insieme a mio padre e lei c'era mio zio. Credo giocassero a carte. Abitavamo al primo piano, le finestre si affacciavano su un cortile nel quale vedevo il piccolo cane della portiera che abbaiava oltre le sue capacità.

Senza esitare aprii il frigorifero. La prima cosa che mi capitò sotto mano fu una pernice perfettamente spennata. Mio padre e mio zio erano andati a caccia poche ore prima. La offrii come merenda al cagnolino.

A mio zio, che esterrefatto la cercava nel frigo, dissi che avevo preso soltanto un osso, neanche tanto grande.

Alessandro era nato e io fremevo all'idea di vedere il bebè. Non mi permisero di andarlo a trovare in clinica perché avevano paura delle malattie infettive. Mi portarono all'asilo, ne fui molto delusa.

Quando lo portarono a casa i veti si moltiplicarono, sempre per le stesse ragioni e io, che mi ero illusa di poter giocare con la bambola, aspettavo con ansia il momento in cui, dopo aver fatto il bagno, mi avrebbero permesso di tenerlo in braccio seduta in mezzo al letto dei genitori, per solo pochi minuti.

Nel porto di Cannes era ancorato il gozzo bretone di mio zio Guy. Di fronte al molo al primo piano c'era l'appartamento in affitto, dove passavamo l'estate. Ai due lati del portoncino, i tavolini dei caffè e dei ristoranti accoglievano turisti di ogni genere.

Attraversando la strada, mia madre mi teneva per mano, avevo cinque anni. A pochi metri dal portone mamma indietreggiò e io riconobbi una voce nota. La moglie di mio zio Guy stava già picchiando mia madre. Non capii affatto quello che le urlava. Ero sorpresa e terrorizzata. Pochissimi attimi dopo, seguivo la mamma per le scale. Fu allora che mi accorsi che mia madre perdeva sangue. Papà e mio zio la portarono al pronto soccorso dove le misero alcuni punti di sutura.

Per anni ebbi paura di quella zia, che temevo di incrociare durante le vacanze a Cannes, dove lei abitava tutto l'anno. Era arrabbiata con mia madre e io non capivo il perché. Avevo imparato a riconoscere la sua macchina da lontano, sebbene in quell'epoca ce ne fossero a centinaia e tutte dello stesso grigio topo. Spiccavo una corsa disperata appena riconoscevo la targa.

La città era piccola e mi capitava di incontrarla quasi ogni giorno. Lei cercava mia madre, spesso addirittura affacciandosi alla ringhiera che sovrastava la spiaggia di Cannes. Una volta mi additò urlando cose incomprensibili nei riguardi di mia madre che peraltro non c'era. Ero pietrificata.

Per un lungo periodo, pur di non incontrare quella donna, scelsi di tornare a casa attraversando un sottopassaggio deserto, che ero certa fosse infestato da ratti affamati. Nel buio inciampavo nei rifiuti e l'odore dell'urina mi dava la nausea. Alcune volte intravedevo un vecchio, scheletrico e alcolizzato, che vomitava per terra.

Era l'età delle malattie infettive. Ai primi sintomi mi mettevano a letto, e mio padre inventava, pur di non farmi alzare, giochi di pazienza, grandi puzzle che sistemava sulle mie ginocchia.

Ero molto seduttiva nei suoi confronti. Ogni cosa che facevo era diretta nei suoi riguardi con il preciso intento di essere la bambina irreprensibile, perfetta che lui voleva. Le sue attenzioni erano lo scopo ambito di ogni mia azione, la sua tenerezza mi faceva sentire unica e ero certa di essere la persona più importante della sua vita.

Papà sembrava felice solo con noi, Alessandro e me, e finito il lavoro ritornava puntualmente a casa. Non ho mai avuto la sensazione che qualcos'altro potesse distrarlo.

Intanto le assenze di mamma si facevano sempre più lunghe. Quando era a casa, l'atmosfera diventava tesa. Sentivo mia madre nervosa e scontenta e incominciavo a vedere spesso mio zio Guy. O meglio, papà usciva, arrivava questo zio con il quale a volte lei si chiudeva in camera da letto. Ma questo accadeva già quando avevo tre anni; io allora, per attirare l'attenzione, premevo sui tasti del pianoforte.

Mia madre ebbe una crisi di artrosi cervicale. La vidi stesa sul pavimento del soggiorno, mio padre le teneva la testa mentre Guy le tirava i piedi. Questa immagine agitava in me un preoccupazione che non riuscivo a inquadrare. Mia madre sembrava dividersi in due.

Perché mio zio aveva nei riguardi di mia madre le stesse attenzioni di mio padre? E perché mai quando papà andava in ufficio qualcuno doveva prendere il suo posto? Cercavo di convincermi che mia madre non poteva stare in casa senza una presenza maschile. Papà e Guy andavano d'accordo, erano fratelli, la sua partecipazione alla vita domestica poteva quindi sembrare normale.

L'inverno era molto rigido e la neve caduta durante la notte ricopriva interamente le macchine parcheggiate davanti a casa. Erano momenti di emozioni intense. Quando il silenzio invadeva la città, noi bambini ci precipitavamo per strada coperti di sciarpe e berretti di lana. Ci tuffavamo nella neve e lì restavamo a giocare fino a quando non eravamo bagnati fino al collo.

Papà mi portava a caccia la domenica mattina. Ero orgogliosa di poterlo accompagnare perché sapevo che, normalmente, erano cose da uomini. Per questa ragione sopportavo il freddo e la noia delle attese che mi toccava subire la maggior parte del tempo.

Anche dalla nuova casa il bosco era raggiungibile a piedi, in pochi minuti. Gli alberi erano per lo più querce, castagni e platani secolari. Ci andavo quasi tutti i giorni, ma l'autunno era la stagione che più amavo. La temperatura era ancora mite, le foglie prendevano un colore ruggine più o meno intenso a seconda dei raggi di sole che filtravano attraverso i rami molto scuri, quasi neri. Il rumore delle foglie secche sotto i miei passi mi accompagnava durante tutta la passeggiata verso il lago, che d'inverno era gelato.

Nella primavera del 1958, Alessandro mia madre e io ci trovavamo, non ricordo perché, a Roma.

Il cambiamento era entusiasmante, le ragioni di questo sconosciute, la vita era così diversa, la scuola si era interrotta, le passeggiate sotto i pini di Villa Borghese, il terrazzo e le piante da innaffiare rendevano tutto meraviglioso.

Papà ci raggiungeva ogni tanto.

In quel periodo ci fece tante fotografie e molti regali, ma il mio rapporto con lui era cambiato senza che me ne fossi realmente accorta.

Mamma usciva spesso con amici che non conoscevo. In quel periodo passavo diverso tempo con lei. Mi portava con sé per ore interminabili dalla sarta o dal parrucchiere mostrandomi a tutti con orgoglio. Facevo una vita più da adulta rispetto a quando stavo in Belgio.

Papà aveva passato di nuovo qualche giorno a Roma e noi lo avevamo accompagnato all'aeroporto di Ciampino. Ero triste a tal punto che così, con i miei vestiti estivi, decise di portarmi via con lui a Bruxelles. Andammo a stare dai nonni. Lui lavorava e io lo aspettavo a casa. Per tenermi occupata mi regalò il gatto siamese che tanto desideravo.

Poco dopo la mamma tornò a stare a Bruxelles, ma soltanto con l'arrivo della primavera, Alessandro aveva tre anni, seppi che dovevamo trasferirci di nuovo a Roma. Intorno a me succedevano cose che non capivo o non volevo capire. Discussioni, tensioni, un clima di incertezze che poco mi rassicurava.

Mamma non era a Bruxelles e papà aveva invitato a cena una signora che non avevo mai visto. Quélla sera lo aiutai ad apparecchiare e misi dei fiori sul tavolo. Non mi dispiaceva avere una complicità da condividere con lui e affidai a quella sua amica una piccola pianta grassa che avevo rubato chissà perché nelle serre dei miei bisnonni.

Passammo un mese a Santa Margherita Ligure. Facevo grandi passeggiate da sola, sulla spiaggia e nei vicoli, incantata dalle dimensioni ridotte di questa piccola città dove tutto era a portata di mano. Mangiavo tanti gelati, anche questi sconosciuti per me, e avevo fatto amicizia con alcune bambine della mia età.

A Pasqua papà arrivò a Santa Margherita per passare con noi pochi giorni. Il tempo era nuvoloso ma volle ugualmente affittare una barca a vela rossa, a Portofino. Il giorno seguente cercò in tutti i modi di convincermi a uscire in mare con lui, ma io volevo a tutti i costi assistere alla prima comunione della mia amichetta. Non sapevo che non avrei mai più rivisto papà.

Alcuni giorni dopo partimmo per Roma. La sera, nella casa presa provvisoriamente in affitto, arredata in modo barocco, mi infilai nel letto di mamma e crollai in un sonno profondo. Non ricordo di aver dormito altre volte con la mamma.

Il telefono squillò all'alba e io risposi. Era un amico di mia madre. Mi chiese di parlare con lei. La conversazione durò pochi minuti e subito lei si alzò per svegliare suo fratello che aveva diciassette anni, e viveva con noi.

Sembravano tutti sconvolti. Stavano attaccati al telefono, uno dopo l'altro. Mio zio Guy era in albergo e fu anche lui avvisato di quella telefonata misteriosa. La mamma temeva che si buttasse dalla finestra.

Eravamo arrivati da poco, soltanto la sera precedente, la casa era ancora da esplorare, Alessandro era più agitato che mai, tutto questo mi distraeva.

Partirono tutti in mattinata per il Belgio. La sera arrivò la sorella di mamma dal Marocco. Due giorni dopo ricevetti una cartolina di auguri per i miei nove anni da papà e non mi stupii troppo di non ricevere una sua telefonata il giorno del mio compleanno, sebbene mi chiamassero invece molti parenti dal Belgio.

In quel periodo ero particolarmente sensibile e piangevo per qualsiasi ragione, preferivo restare da sola, non partecipavo come prima alla vita di famiglia che mia zia cercava di mantenere inalterata.

Mamma tornò presto, si occupava di me con più attenzione, spesso evitava di sgridarmi e impediva a chiunque di farlo, sentivo quindi di essere trattata con particolare premura e cautela e questo aumentava la mia diffidenza e il panico che, in alcuni momenti, mi paralizzava. Non facevo nessun riferimento a mio padre, non chiedevo perché non fosse ancora venuto a trovarmi come mi aveva promesso.

Mamma partì dopo poco perché, mi fu detto, aveva bisogno di riposo. Qualche giorno dopo, mi chiamò l'amico di mamma, l'uomo della telefonata, avvertendomi che mi avrebbe accompagnata da lei sulla barca di mio zio Guy a Santa Margherita Ligure. Mi venne quindi a cercare e prendemmo un treno con il vagone letto.

Dormivo nella cuccetta superiore e F. mi chiese di dargli un bacio prima di dormire e mi spiegò che a lui dovevo darlo sulla bocca. Mi insegnò come dovevo fare. Non capivo bene cosa stesse succedendo e, in verità, non trovavo questa novità particolarmente piacevole.

L'indomani mattina, dopo avere salutato una bambina con occhi di due colori diversi, scesi dal treno e, poco dopo, ritrovai la mamma che mi aspettava sul molo del porto.

Durante la navigazione, guardavo l'orizzonte immaginando che avrei trovato la piccola barca a vela rossa sulla quale non ero voluta andare con papà, e mi commuovevo.

Mi ero svegliata all'alba perché faceva molto caldo. F. era sdraiato nella sua cuccetta accanto alla mia. Mamma dormiva nella cabina accanto con Guy, questo non mi sembrava strano, la barca era molto piccola. F. mi chiese sottovoce di chiudere le tendine blu e mi alzai subito. Un attimo dopo ero di nuovo nella mia cuccetta. Stentavo a riaddormentarmi, ma restavo immobile. Faceva sempre più caldo. Nella sua cuccetta sul lato opposto della cabina, F. si agitava. La sua mano si spostava freneticamente sotto il lenzuolo e questo scivolò per terra. Vedevo l'enorme pene violaceo tra le sue mani, avevo visto solo mio padre nudo, pensavo che la sua dimensione esagerata dipendesse da uno stato di malattia, tanto più che F. cominciava a respirare forte. A un tratto sedette e prese una pomata che si spalmò con cura. Non mi guardò mai.

Ora si era sdraiato, forse il dolore si era attenuato. Di nuovo mi parlava, voleva che gli andassi a dare un bacio.

Senza esitare mi alzai e gli diedi un bacio sulla guancia. Mi attirò subito vicino e mi fece sdraiare accanto a lui. Molto piano mi sussurrò di tenere la bocca aperta e mi baciò a lungo mentre la sua mano saliva sotto la camicia da notte. In un attimo fu sopra di me e sentii molto bene qualcosa entrare tra le mie gambe.

Istintivamente feci un movimento brusco e lui si mise a sedere.

Non avevo detto una parola, forse non avevo neanche respirato. Una sottile parete di compensato divideva questa cabina da quella di mia madre, eppure non avevo fatto il minimo rumore. Gridare poi, perché mai? Non sapevo cosa stesse succedendo, quindi non avrei probabilmente saputo cosa dire.

Quattro anni più tardi, mia cugina raccontò a mia madre quell'episodio. La sua reazione fu inaspettata. Mamma, dapprima, mise in dubbio quel racconto, poi, per consolarsi forse, disse che questo genere di cose era molto più frequente di quanto si pensasse!

Ero vicina alla stanza di mia madre, credo nel corridoio, mentre parlavano. Aspettavo da anni quel momento, immaginavo che mia madre avrebbe aggredito quell'uomo e confortato me. Ero pietrificata.

Di ritorno a Roma, andammo un pomeriggio a Villa Borghese. Lungo il viale dell'Orologio Alessandro giocava. Eravamo sedute, mamma ed io, su una vecchia panchina.

Da molto tempo avevo evitato di stare da sola con mia madre. Quel giorno invece mi ero seduta vicino a lei. Sentivo che era a disagio, lo ero anch'io, ma le chiesi con un filo di voce dove fosse papà. Fissavo una grossa nuvola mentre mi rispondeva che era partito. Nel cielo; ma stava bene lassù. Aveva avuto un incidente. Non disse che era morto. Mamma faceva delle pause durante le quali la mia fantasia prendeva il volo. Forse era andato a caccia in Jugoslavia, o in America per lavoro. Stava bene, sarebbe tornato con nuove fotografie e tanti regali. Come altre volte. La sua nuova macchina, una Porsche color argento, era sicuramente rovinata per via dell'incidente. Come quella che Guy aveva distrutto l'anno prima e non era morto per miracolo.

Così, avendo saputo perfettamente dal primo momento che mio padre era morto, ero riuscita, attraverso la risposta certamente ambigua di mia madre, a trasformare una realtà troppo dolorosa che non mi era stato possibile elaborare immediatamente. Se mi fosse stata detta subito la verità avrei sicuramente sofferto enormemente, ma non avrei potuto alterare la realtà, adattandola ai miei bisogni. Non potei piangere la morte di mio padre, ma ero lo stesso molto silenziosa, mi isolavo per poter pensare a lui senza essere osservata. L'assenza di una spiegazione chiara mi dava una sensazione di ansia continua. Mi mancava immensamente il contatto con lui, in un paese nuovo che non conoscevo, dove non avevo nessun riferimento, di cui parlavo a stento la lingua.

A Parigi, dove mi aveva portata per ascoltare Bécaud all'Olympia, papà aveva infilato un dito nel collettino del mio cappotto e, da dietro, mi guidava per le strade. Era così che lo ricordavo. Alto, con la faccia da ragazzo, un bellissimo angelo custode.

Tornammo a Santa Margherita per l'estate. Pensavo molto a papà passeggiando sulla sabbia al tramonto, spesso piangevo guardando l'orizzonte, cercando sempre, la barca a vela rossa sulla quale non ero voluta andare. Ero sempre sola.

A settembre tornammo a Roma nella nuova casa di via Panama dove erano arrivati tutti i nostri mobili da Bruxelles. Il grande terrazzo dell'attico si affacciava su Villa Ada e vi trascorrevamo molte ore.

Incominciai la terza elementare nella scuola francese, e molto presto trovai nuove amiche.

Intorno a mia madre giravano molti uomini che la invitavano a cena quasi ogni sera. Crescevo a vista d'occhio, stavo diventando molto carina e ne ero consapevole, anche perché me lo dicevano con insistenza gli amici della mamma. Avevo così imparato a essere seduttiva con gli uomini e loro non perdevano occasione di sfiorarmi il seno che nasceva o di baciarmi sulle labbra.

Avevo una passione per i neonati e non potevo fare a meno di trascorrere pomeriggi interi dai vicini di casa che avevano dei bambini piccoli che mi assorbivano completamente. Ero particolarmente attenta e responsabile e avevo un modo dì fare avvincente che ispirava fiducia e simpatia a tutti. A undici anni sapevo fare il bagno a un neonato di tre mesi, figlio dei nostri vicini, sapevo cambiarlo, dargli da mangiare. Spesso le madri di questi bambini mi lasciavano sola in casa con loro.

Era forse un modo per affermarmi e farmi accettare dalle persone adulte, ma anche un pretesto per stare fuori da casa mia. Mi capitava di sfogarmi con queste giovani madri, che io idealizzavo molto, accusando la mia di trascorrere poco tempo in casa e di prestarmi poche attenzioni.

A maggio feci la Prima Comunione. Se ne era parlato già anni prima quando c'era papà. I preparativi per questa cerimonia e la scelta del vestito di piqué bianco mi emozionavano. Mia nonna paterna, che era anche la mia madrina, arrivò a Roma. Ero intimidita da questa donna che vedevo ormai raramente, ma ero felice ed eccitata.

L'uscita dalla chiesa francese fu molto malinconica. L'assenza di papà era percepita da me e dagli altri in modo evidente. Fu una giornata triste, avevo visto tante bambine accompagnate da entrambi i genitori, non poteva essere diversamente.

Ogni estate mia nonna materna veniva in Italia per passare con noi le vacanze estive.

Ero libera, mia madre non controllava le mie amicizie, ma non approfittai mai di questa libertà. Ero l'unica bambina ad accettare subito un invito a una festa senza consultare la mamma. Con grande invidia di tutte le mie compagne che erano invece molto seguite.

In quel periodo gli studi incominciarono a crearmi delle difficoltà, la scuola francese era difficile, gli insegnanti delle medie molto rigidi, disapprovavano il mio carattere ribelle e soprattutto il mio modo insolente di rispondere.

Mamma, pur di essere libera, ci affidava alle cure di cameriere, spesso neanche ventenni e analfabete, senza sapere un gran che di loro. Durante i fine settimana venivo spesso portata, insieme ad Alessandro, nelle loro case dove passavo giornate interminabili in mezzo a problemi di famiglia che non mi riguardavano. Assistevo così a ogni battesimo o matrimonio, sapevo ogni piccolo segreto di queste ragazze. Ero considerata molto più matura della mia età.

In quel periodo sfilavano cameriere di ogni tipo, spesso coppie di sorelle, alcune ragazze-madri, tutte giovanissime, con le quali avevo rapporti affettivi intensi. Vivevo più con loro che con mia madre, eternamente assente.

Quando mamma partiva in viaggio, capitava che la cameriera di turno indossasse i suoi vestiti e i suoi gioielli e invitasse il fidanzato a cena. Io, complice silenziosa, assistevo, con il rancore che avevo verso mia madre assente, alla dissacrazione dei suoi indumenti e delle sue cose. Queste ragazze erano le mie amiche, mi portavano al cinema con il fidanzato e, certe volte, persino "al paese", come dicevano.

A tredici anni, mia madre mi aveva iscritta a un istituto di suore che sostenevano che io dovessi dormire da loro. Ero stata rimandata alla scuola francese e, a Roma, l'unica altra scuola francese era appunto un collegio. Mi sentivo letteralmente deportata. Avevo incominciato a ingrassare, seguivo una dieta rigida e prendevo estratti tiroidei, anoressizzanti e ormoni, in tutto circa nove compresse al giorno. Non mi rendevo conto di quanto sarebbe cambiata la mia vita.

La prima sera mi trovai nel reparto delle bambine più piccole, non essendoci posto con le mie coetanee. Dormivo, quindi, in una stanza a due letti, assieme a una bambina belga di undici anni smarrita quanto me.

I regolamenti del collegio erano severi e li vivevo come una violenza; per questa ragione, pur essendo estremamente ragionevole, cercavo in tutti i modi di trasgredirli. La temperatura era rigida, le lenzuola umide, l'acqua fredda e le divise tristissime. Le giornate incominciavano con la preghiera del mattino che recitavamo sul pavimento di marmo gelido. Il caffellatte e il pane della prima colazione, che mi erano proibiti perché ero a dieta, rappresentavano l'unica nota gradevole dell'alimentazione che passava l'istituto. Le minestre erano insipide e i contorni freddi e mal lavati. Per anni non ho potuto più ingoiare le verdure per il disgusto di allora.

Conoscevo molte compagne che venivano dalla mia precedente scuola e che, a differenza di me, tornavano a casa al termine delle lezioni. Era quello il momento più difficile. Eravamo tutte in uno stato di apatia totale e io, come altre ragazze, cercavo in tutti i modi di gratificarmi con grandi abbuffate, interrompendo quindi la dieta. Era incominciata la bulimia. Avevo trovato il modo di ribellarmi infrangendo ogni regola, seguita da diverse compagne che istigavo contro le suore.

L'insegnante di francese aveva capito molto presto la mia presa di posizione. L'unica persona capace di farmi ragionare era lei. Una donna di una certa età, dolce e capace di guardare negli occhi, mi prendeva la mano fra le sue, chiedendomi di avere pazienza e di aspettare la fine dell'anno per poter cambiare scuola. Aveva capito che non avendo una famiglia e qualcuno che mi potesse seguire, non accettavo le imposizioni e le regole esterne. Io, adulta prima del tempo, non tolleravo di abbassarmi a obbedire, di essere obbligata a sveglie e file indiane per andare a messa due volte al giorno.

Per lei avrei fatto qualsiasi cosa e andavo molto bene nelle sue materie. Per anni mantenni un contatto epistolare con quella deliziosa suora. Mi innamorai in seguito dell'insegnante di matematica, una suora giovanissima dallo sguardo vivo e intelligente, sempre allegra e ironica. Era anche infermiera, e io simulavo con la sua complicità febbri e mal di pancia che mi aiutavano a sfuggire i momenti più faticosi.

Alle due di ogni sabato il pullman del collegio mi lasciava sotto casa, ero in uno stato di vera felicità. Ritrovavo mio fratello, la mia stanza e mia madre soprattutto, quando c'era, con un piacere intenso. Evitavo di uscire per non perdere la dolcezza di questa casa che tanto mi mancava. Ma la domenica le tensioni diventavano insopportabili e io piangevo durante tutto il pomeriggio.

In autunno avevo incominciato a ingrassare in modo preoccupante. Questo metteva in agitazione me quanto mia madre, che mi portò presto da un amico endocrinologo. Ero sempre stata magra e proporzionata, sebbene fossi molto golosa, e la metamorfosi del mio corpo mi metteva a disagio. Due anni prima, all'età di undici anni, avevo avuto le prime mestruazioni senza che il mio corpo cambiasse aspetto. Non avevo tra l'altro ritenuto importante informarne mia madre, con la quale non avevo nessuna confidenza.

Il medico mi fece fare ogni tipo di analisi: sangue, urine e soprattutto un metabolismo basale. Decisero che la mia tiroide funzionava poco e per questa ragione fui imbottita di nuovo, e questa volta per due anni, di estratti tiroidei e anoressizzanti che mi davano disturbi secondari: capogiri e aritmia, ma soprattutto avevano un effetto depressivo. Le stesse diete ipocaloriche mi mettevano in uno stato di privazione continua e di sconforto. Ogni sabato, all'uscita del collegio, andavo a controllare il mio peso dal medico che faceva prendere dall'infermiera anche le misure del mio corpo. Provavo un senso di imbarazzo e malessere, mi sentivo trattata come un animale.

L'altalena del peso aveva preso il via.

Infatti, mangiavo compulsivamente nei momenti di tensione o di ansia e poi in vista della "pesata" settimanale digiunavo, a volte non abbastanza, per rimettermi in pari e nascondere le tracce del cibo in eccesso. Seguire una dieta in collegio, dove il momento del pasto era l'unica occasione per tirarsi su di morale, era quasi impossibile e mi esponeva anche alla curiosità delle altre ragazzine. Ero diversa. Le suore erano al corrente della mia situazione, ma solo l'infermiera, che spesso mi faceva delle iniezioni, capiva il mio stato d'animo.

Spesso al lunedì, per alleviare il ritorno in collegio, portavo da casa provviste di cioccolata e altro, che centellinavo durante le tre ore dello studio pomeridiano, in quell'aula immensa e gelida, sballando fin dal primo giorno la dieta ferrea che dovevo seguire. Se, per caso, riuscivo a dimagrire di un chilo, uscendo dallo studio del medico, entravo in una nota panetteria lì accanto e consumavo in fretta tutto quello che potevo, per scaricare la tensione che lo stato di privazione mi procurava.

L'argomento più importante discusso da mia madre, quando la vedevo, verteva immancabilmente sull'estetica persa con l'aumento di peso, che però presto secondo lei avrei potuto ritrovare. Un sabato, mia madre mi comprò una guaina e subito dopo un vestito verde, che scelsi malgrado odiassi quel colore. Questa guaina ufficializzò il mio stato di "grassa" e fu il momento in cui più mi sentii a disagio durante quegli anni. Mamma, tra l'altro, era diventata un modello irraggiungibile di bellezza femminile. Era magra, elegante, con le gambe che avrei voluto avere.

Durante l'inverno, lasciai il collegio di pomeriggio, dopo la ricreazione, senza averne il permesso. In altre parole scappai. Presi un autobus in campagna e arrivai a casa per l'ora di cena. Mia madre non c'era, ma la governante era già stata informata dalle suore. Mi chiusi in bagno. Quando arrivò mia madre insistette a lungo perché uscissi: dovevo far ritorno subito in collegio, altrimenti non mi avrebbero più ripresa. Piangevo e supplicavo mia madre di non riportarmi indietro, pur sapendo che lei doveva farlo altrimenti avrei perso l'anno scolastico. Così, di notte, tornai in collegio, più depressa che mai. Mamma era stata molto affettuosa e comprensiva, credo avesse capito l'errore commesso mandandomi in un collegio e promise di iscrivermi a un'altra scuola l'anno dopo. Venne una mattina a trovarmi perché ero terribilmente avvilita.

L'incontro avvenne nel grande salone dove le suore ricevevano i genitori. Le corsi incontro sotto gli occhi della suora, piangendo e abbracciandola. Fu uno dei rari momenti della mia vita in cui mi abbandonai a lei. La suora mi separò fisicamente da mia madre in modo brutale, quasi irritato. Ero disperata come mai prima di allora.

A scuola, prima di Natale, ebbi un attacco di appendicite. Tornai di corsa a casa dove mi misi a letto per una settimana. Stavo molto male e temevo di dover essere operata. Sette giorni dopo, non migliorando malgrado gli antibiotici, mia madre chiamò un amico chirurgo che, appena affacciatosi alla porta della mia stanza, chiamò un'autoambulanza e prenotò la clinica. Era di sabato sera. Avevo una terribile paura di vedere la camera operatoria e mi addormentarono con il trilene nel corridoio. Mi svegliai poco dopo nel letto. Ero stordita e mamma passò la notte con me. La mattina tornò a casa.

Saremmo dovuti partire il giorno dopo, tutti insieme per la prima volta, dopo il suo matrimonio avvenuto pochi giorni prima, per passare in montagna le feste di Natale. Sarebbe stato una specie di viaggio di nozze con figli. Mamma tornò poche ore dopo in tenuta da viaggio. Mi spiegò che era impossibile rimandare la partenza per questa vacanza che era stata organizzata da tempo. Insistette comunque perché io prendessi un vagone letto per raggiungerli in Svizzera non appena fossi stata dimessa e in grado di muovermi. Stringevo la mascella cercando di trattenere le lacrime. Salutai la mia madre senza piangere. Odiavo, da sempre, rattristarla. Sapevo anche che non l'avrei raggiunta perché non potevo sciare. Ma, soprattutto, dovevo nascondere il mio orgoglio ferito. Sarei tornata a casa in taxi, dove mi aspettava una cameriera.

Il ventiquattro dicembre, le suore organizzarono una piccola festa di Natale. Alcuni bambinetti sfilarono per i corridoi della clinica con in mano piccole candele accese.

È soprattutto per arginare la depressione e la paura che mangio e vomito da diciassette anni.

Ho incominciato a ingrassare a tredici anni. Non volevo accettare quella che era una normale metamorfosi dell'età. Mi sentivo gonfia e la certezza che non avrei mai più smesso di lievitare mi procurava una tale ansia che solo il cibo, paradossalmente, riusciva a colmare. Ero stata fino a poco prima una bambina normale e, tutt'a un tratto; dovevo convivere con un corpo che non riconoscevo.

Molte mie amiche erano rimaste normali nel periodo della pubertà e questo accentuava la mia angoscia, mi faceva sentire ancora più diversa. Passavo ore davanti allo specchio, nel tentativo di trovare un abbigliamento che potesse farmi sentire a mio agio, senza mai trovare una soluzione. Ero sempre a disagio e, qualsiasi cosa indossassi, ero di cattivo umore.

Solo raramente e per pochi attimi mi sentivo in accordo con me stessa, ma qualsiasi contrattempo Faceva crollare un equilibrio già compromesso.

Seguivo diete rigidissime, alternate a digiuni implacabili e, di conseguenza, il mio peso subiva oscillazioni enormi. Il mio umore ne era strettamente legato.

Ho sedici anni, sto aspettando che mi venga a raggiungere il mio ragazzo durante le vacanze estive. Sono ingrassata troppo durante i primi giorni di vacanza e ho deciso di dimagrire nel più breve tempo possibile. Inizio un digiuno totale di quindici giorni. Mangio solo una mela divisa in quattro e un bicchiere d'acqua. Dimagrisco di dieci chili in dieci giorni, ma incomincio anche ad avere una voglia irresistibile di mangiare. Mangio una fetta di dolce e mi sento persa.

Vado in bagno e, per la prima volta, mi procuro il vomito.

In un attimo avevo così annullato il danno fatto mangiando quella porzione di cibo che mi avrebbe sicuramente fatto perdere tutti i benefici del digiuno così massacrante che mi ero imposta, o almeno così mi sembrava. Ho trovato in questo modo un sistema infallibile, apparentemente facile e innocuo per poter mangiare ciò che voglio senza dover pagare in termini di sofferenza un insopportabile ingrassamento che mi fa sentire inadeguata e priva di volontà.

Vomito con estrema facilità, non mi viene neanche lontanamente in mente che non sarà sempre così facile e diventerà anzi orribilmente difficile.

Mia madre discute con mio zio. Sono seduta nel pozzetto della barca a vela e stiamo navigando lungo la costa corsa.

Forse per tagliare corto lui dice che potrei sentire le loro parole a quella distanza. Mia madre sostiene che sicuramente penso ad altro e che sono distratta. Per provarlo lei mi chiama. Io mi giro immediatamente e mi vergogno di essere stata sorpresa a spiare. Sono sempre all'erta, devo sapere per proteggermi. I bambini ascoltano sempre, cercando di decifrare tutto quello che concerne il mondo adulto e quando non spiano sentono dentro di sé qualsiasi tensione che metta in pericolo il loro mondo così precario, indifeso.

Ho percepito solo tensioni e disaccordo da quando ho memoria. Persino le tregue lasciavano intravedere le prossime guerriglie.

Dopo essersi risposata, mia madre tornava a Roma ogni mese per una decina di giorni, fino a quando, diceva, suo marito avrebbe lasciato definitivamente il Belgio. Aspettavo questo ritorno con trepidazione, non avevo mai accettato queste sue assenze durate quei cinque anni.

Aiutavo la cameriera a preparare la stanza, comperavo i suoi fiori preferiti che aggiustavo sul cassettone vicino al letto. Mamma entrava in casa, affaticata ma sorridente, sempre distratta dai suoi problemi. Tutto quello che avevo accumulato in attesa di parlarle lo dovevo poi centellinare. Sembrava infatti che le mie parole fossero un'aggressione, lei veniva a Roma per riprendersi dalle preoccupazioni che aveva avuto a Bruxelles. Forse si sentiva colpevolizzata dai resoconti che le facevo riguardo al comportamento di mio fratello. Non poteva essere là e qua contemporaneamente!

Alessandro cercava infatti in tutti i modi di attirare l'attenzione su di sé e, più della mia, quella di sua madre. Era sempre apparentemente allegro, ma non pensava ad altro che a organizzare giochi pericolosi e comunque proibiti. Nella scuola inglese, che frequentavamo insieme, il preside mi chiamava in ogni momento perché lo tenessi a bada. Nel quartiere lo conoscevano tutti, non passavano due giorni senza che qualcuno venisse a raccontarmi qualche problema creato da lui.

I cinque anni che ci separavano non mi davano l'autorità necessaria per farlo ragionare, e lui sembrava felice dell'attenzione che riusciva a suscitare intorno a sé e, per di più, le stesse persone che infastidiva erano le prime a perdonarlo.

Era un bambino che attirava simpatia, generoso e disponibile.

Per me era una responsabilità costante, vegliavo su di lui perdendo di vista tutto il resto, aderendo perfettamente al ruolo di vice-madre dal quale, senza accorgermene, mi ero lasciata investire.

La mamma dunque, non voleva sapere cosa accadeva durante la sua assenza, mi incoraggiava a tenere duro, promettendomi un suo ritorno definitivo – sul quale io però non osavo interrogarla.

In alcuni periodi veniva ospite uno studente per seguire i compiti di Alessandro, ma nessuno sembrava avere la minima capacità di gestire questo bambino, che cercava di sopravvivere all'assenza dei suoi genitori giocando con tutto a qualsiasi costo. Giocandosi tutto.

Fino a quando sono uscita di casa definitivamente, a diciannove anni, i miei rapporti con lui sono stati estremamente tesi. il ruolo che avevo mi costringeva a riprenderlo di continuo e spesso gli portavo rancore per tutta l'ansia che mi procurava.

Più tardi, un rapporto di affetto e d'intesa ci legherà in modo profondo.

Tra lei e me, mia madre poneva sempre i suoi problemi affettivi.

La drammatica relazione con suo cognato, nata quando papà era ancora vivo, non cessava di complicarsi con il passare degli anni. Era diventato un matrimonio, ma lui aveva un'altra donna e di questo io ero stata informata proprio da lui, prima che da mia madre. Mio zio ha sempre cercato la mia complicità e il mio appoggio.

Mia madre, non appena scoperta questa situazione, non lo lasciava più un attimo. Dedicava così tutto il suo tempo a smascherarlo, un lavoro meticoloso che mi descriveva in dettaglio al suo ritorno, tanto che in certi momenti io stessa mi lasciavo coinvolgere e finivo per giustificare le sue lunghe assenze.

Sono tornata due volte a Bruxelles. Mio nonno ogni volta mi invitava a pranzo con la promessa terrorizzante di portarmi subito dopo al cimitero, dove mio padre era sepolto. Ero terribilmente infastidita da quella che sembrava essere diventata un'abitudine, soprattutto la presenza di mio nonno mi metteva a disagio. Assumevo un'aria distaccata e, per certi versi, Io ero. Quella morte non mi riguardava

Per lui questa era una normale passeggiata anche se sentivo la sua commozione. Era stato molto affezionato a papà, l'ultimo di cinque figli maschi.

Il nonno usufruiva di un permesso speciale che Io autorizzava a entrare con la macchina fino al grande appezzamento di prato dove si trovava la tomba di famiglia. Quella grande lastra di granito grigio scuro non mi suscitava tristezza. A sedici anni non sentivo dentro di me la morte di papà. Ero lì per fare piacere a mio nonno e cercavo di pensare ad altro.

Al ritorno, non mancava mai di portarmi sulla strada alberata dove era avvenuto "l'incidente", e mi spiegava come era successo nel modo più naturale. Parlava della meccanica che aveva portato l'automobile di mio padre a schiantarsi contro il palo della luce che mi indicava con naturalezza.

Ero terribilmente arrabbiata con mia madre, la quale non pensò mai di evitarmi quello strazio.

Quel giorno era domenica. Dopo pranzo mi ero comodamente messa a guardare alcune vecchie fotografie di famiglia trovate in un cofanetto di legno. La fotografia è in bianco e nero. Davanti al portico della piccola chiesa, sembrano aver fatto la prima comunione. Papà non ha neanche vent'anni, la mamma ne ha diciotto.

Avevo notato che mio zio era uscito durante l'ora di siesta. Di lì a poco, mia madre apparve inaspettatamente vestita, e mi comunicò che sarebbe uscita e tornata tra breve. Era fuori dubbio che era successo di nuovo qualcosa tra lei e Guy.

Un'ora dopo, mio zio entrò in casa da solo, completamente bagnato dalla pioggia battente che cadeva ormai da ore. Mentre si toglieva l'impermeabile e la giacca, mi spiegò con stizza che dovevo andare a prendere mia madre indicandomi sommariamente dove si trovava: era al commissariato. I miei occhi non si staccavano dalle grandi macchie di sangue che lui aveva sulla manica della camicia e delle quali non diceva niente.

Ero uscita senza cappotto, correvo sotto la pioggia attraversando quattro corsie piene di macchine che sfrecciavano veloci, senza guardarmi intorno. Trovai mia madre seduta su una sedia, il braccio avvolto in un asciugamano bianco intriso di sangue. Piangeva in silenzio e stringeva il suo braccio come se stesse cullando distrattamente un bambino piccolo. Apparentemente non era preoccupata dalle ferite ma da quello che aveva scoperto, come mi raccontò poco dopo, entrando nella camera d'albergo dove mio zio si trovava con la sua amante. Questa si era rifugiata nel bagno ed è proprio rompendo con la mano il vetro della porta che mia madre si era tagliata.

Con un taxi eravamo tornate a casa. Ormai mia madre, distesa sul letto, gridava in preda a una crisi di nervi. Ero incapace di avvicinarmi a lei perché non volevo vedere quell'orribile ferita. Per non sentirla ero scesa per strada ad aspettare un altro fratello di papà, medico, che era stato chiamato in aiuto. Malgrado le sue proteste la portarono al pronto soccorso dove le misero diversi punti di sutura.

Due giorni dopo, la mamma mi aveva accompagnata in ospedale dove dovevano farmi un elettroencefalogramma. Soffrivo da anni ormai di continui mal di testa. Ero impressionata dall'esame, ma non risultò assolutamente niente di anomalo. Il medico tuttavia consigliò mia madre di mettermi in una clinica dove mi avrebbero aiutata a dimagrire. Ero di nuovo ingrassata, pesavo 68 chili.

Scelsi di essere ricoverata a Roma piuttosto che a Bruxelles, perché mia madre stava lasciando il Belgio per recarsi, come ogni mese, in Italia. In pochi giorni fu organizzata la mia permanenza in una clinica alle porte della città. Mamma era stata allontanata dal direttore sanitario e comunque doveva ripartire di lì a poco per Bruxelles.

Ogni mattina mi facevano un prelievo di sangue in base al quale stabilivano la mia alimentazione che era fondamentalmente basata sui liquidi. Tè, spremute e insalate per quindici lunghissimi giorni, durante i quali avevo ricevuto poche visite. La clinica era distante dalla città e questo rendeva difficile qualsiasi visita. Era novembre e la mia stanza si affacciava sulla campagna grigia, affogata nella nebbia di quella stagione.

Al termine della terapia, salii sulla bilancia. Ero ingrassata di duecento grammi! Delusa e intristita, tornai a casa in taxi decisa a risolvere da sola e subito il problema del peso.

Incominciai un digiuno totale, permettendomi solo qualche bicchiere d'acqua e la solita mela. Vomitavo qualsiasi altro cibo. Dopo un mese ero dimagrita di dodici chili. Vedendo il mio corpo trasformarsi così velocemente, ero presa da un'esaltazione indescrivibile. Di colpo mi sentivo a mio agio, felice di vivere e piena di nuovi entusiasmi. Il mio umore era cambiato, per nessuna ragione pensavo di smettere quella che si stava rivelando la soluzione magica per ogni problema. Attraverso questa metamorfosi corporea riuscivo a modificare il mondo esterno.

Avevo preso, senza saperlo ancora, una strada che mi avrebbe fatto perdere di vista, per diciassette anni di seguito, le ragioni reali del mio malessere e, di conseguenza, mi avrebbe portata a fare una serie di scelte inadeguate.

Ma l'euforia di quei momenti, in cui riuscivo ad avvicinare il peso che avevo idealizzato, aveva vita breve. Qualsiasi tipo di contrarietà mi ricalava nella situazione precedente. Tutto si risolveva di nuovo con diete affamanti. Incominciavo di nuovo a mangiare solo una quantità irrisoria di cibo all'inizio, ma presto rompevo gli argini della mia falsa volontà di stare a dieta.

Ingrassavo immediatamente, spesso superando il peso precedente, perdendo qualsiasi tipo di autostima. Questo era certo il lato più grave della situazione. La dieta ferrea che subito dopo mi imponevo mi faceva di nuovo dimagrire abbastanza velocemente. Un'altalena di orge alimentari e digiuni atroci.

Le domeniche della mia infanzia, dopo la morte di papà, erano impregnate della mia depressione. Domeniche sempre grigie d'inverno, troppo assolate nella stagione calda dove, ancora di più, strideva la mia disperazione.

Il silenzio assordante dell'assenza, di tutti, e i vuoti dopo le urla di mia madre con il suo compagno, quando c'erano.

Per essere certa di non sentire, accendevo la radio anche di notte, questo anche per non essere aggredita dal rumore del silenzio. Mi sdraiavo sul letto dopo aver mangiato troppo, e mi sentivo enorme. Era lì che sentivo lievitare il mio corpo troppo pesante, fantasticando il giorno in cui avrei potuto vestirmi e uscire come tutti, quando sarei stata magra.

Spesso una porta si apriva, il cuore batteva forte: già sapevo che avrei sentito mia madre chiamarmi. Sarei accorsa trovandola di nuovo in lacrime, come ogni domenica pomeriggio quando era a Roma, mentre mio zio fuori di sé si accingeva a lasciare la casa con il solito rasoio.

E sapevo anche come intervenire per consolare e far ragionare mia madre, stringendo i denti, a tredici anni. Ero tanto matura da sapere parlare di cose mai sperimentate e con tale naturalezza che le madri delle mie compagne mi chiamavano chiedendomi consigli per risolvere i loro problemi di coppia.

A diciotto anni, in un momento in cui il mio peso mi soddisfaceva e in cui ero di conseguenza ricettiva, in accordo con me stessa, mi ero innamorata di un ragazzo.

Ero felice per la prima volta nella mia vita e andai a vivere con lui due mesi dopo averlo conosciuto. Sebbene non fosse a prima vista quello che mia madre e Guy desideravano, mi lasciarono seguire la mia strada. Non potevano tutt'a un tratto proporsi come genitori.

Tommaso era un attore di teatro, si era separato da poco e aveva un figlio di quattro anni. Con lui ero davvero molto felice, mi sentivo accettata; tutto in questo rapporto sembrava potermi dare l'opportunità di una crescita armoniosa.

Tuttavia, tre anni dopo, Tommaso ebbe delle difficoltà a causa del suo lavoro. Era depresso.

Da parte mia, essendo diventata maggiorenne, ero entrata in contatto con problemi di successione legati ovviamente alla morte di mio padre.

Avevo bisogno di consigli legali.

Incontrai Giorgio per caso. Era avvocato. Senza accorgermene mi ero innamorata di lui.

Sapevo che stavo procurando molta sofferenza

a Tommaso da una parte e alla compagna di Giorgio dall'altra. Ma non potevo fare diversamente.

Tommaso, che aveva capito prima ancora di me, mi propose tutto lo spazio di cui potevo avere bisogno purché non me ne andassi da casa. Dall'altra parte Giorgio non tollerava che io mantenessi la situazione precedente e io soprattutto non potevo tollerare di vivere una storia ambigua: preferivo affrontare tutto nell'unico modo possibile per me, assumendomi la responsabilità di quel dramma.

Andai a vivere da sola per un anno. Stavo di nuovo male, avevo ripreso a mangiare e vomitare. Giorgio inaspettatamente si separò in modo definitivo dalla sua compagna.

Mi sono sposata, mio marito ha ventitré anni più di me.

Nei primi anni del mio matrimonio, per aderire all'immagine della moglie perfetta, mi sobbarcavo tutte le responsabilità che la conduzione della casa richiedeva e non rinunciavo per nessuna ragione a invitare a cena tutte le persone che amavo, sapendo perfettamente che questo mi avrebbe fatto stare ulteriormente male.

Questo comportava, infatti, un insieme di preparativi culinari, oltre che organizzativi, che mi affaticavano enormemente visto che, oltre a stare male, non accettavo aiuti esterni. Quindi, tutti i giorni, mi occupavo di un'infinità di cose che avrei potuto delegare ad altri. Stabilivo cosa si sarebbe mangiato, sapendo benissimo che il contatto quotidiano con il cibo mi portava inevitabilmente ad assaggiare tutto ciò che preparavo molto prima che fosse l'ora dei pasti. Tutto questo anche perché ogni volta mi convincevo, mentendomi, di essere in fondo capace di rinunciare al cibo o di poter controllare l'impulso di mangiare e vomitare qualora lo volessi veramente.

È formidabile quanto gli anoressici siano capaci di ingannare se stessi, e quindi gli altri, per tutto quello che concerne il proprio comportamento nei riguardi dell'alimentazione. Recitavo, quindi, con me stessa prima di tutto, una commedia senza fine e, pur di non ammettere la verità, pagavo in modo assolutamente atroce le conseguenze di tutto. La meccanica aveva inizio appena mi sedevo a tavola con i nostri ospiti, molti dei quali non sapevano che fossi anoressica. Ero di buon umore e sinceramente felice di avere intorno al tavolo quelle persone, mangiavo sempre poco durante i primi minuti all'inizio del pasto, per poi aumentare le dosi.

Più in là, incominciavo ad avere paura che gli ospiti si trattenessero troppo dopo cena, avendo davanti a me circa due ore, secondo la mia logica, per cominciare a vomitare senza che nel frattempo il cibo ingurgitato, un cibo che era letteralmente in transito dentro di me, si fosse trasformato in grasso.

L'ansia che mi procurava la sensazione di un vuoto interno, diventava l'ansia di non poter rimettere.

Avevo lo stomaco dilatato e forti dolori, ma continuavo a mangiare noccioline, mandorle o pistacchi, certa che avrebbero fermato la digestione. Giuravo a me stessa che sarebbe stata l'ultima volta che mi mettevo in condizione di mangiare e vomitare.

Ma questo succedeva ogni giorno ormai da anni. E non cambiava mai niente perché, da un'altra parte, tutto questo mi esaltava. Era una continua sfida che mi dava la sensazione di essere in grado di affrontare qualsiasi situazione.

Credo che la ricerca del cibo dell'anoressico dia lo stesso tipo di esaltazione che prova un tossicodipendente, che si dedica alla ricerca della droga, spesso rubando, affrontando mille rischi ed incertezze che diventano un impegno continuo, impegno che riempie i loro vuoti interni e li protegge dalla vita adulta e consapevole che temono. Tutto diventa secondario. È la capacità di risolvere questo problema che permette loro di resistere alla depressione. Li spinge sempre più a sfidare se stessi e gli altri. È proprio la capacità di raggiungere qualcosa di estremamente difficile che dà l'esaltazione per ricominciare.

Mio figlio è nato. L'ho atteso con tutto l'entusiasmo e l'orgoglio immaginabile. Lo desideravo questo bambino da quando avevo dodici anni e doveva chiamarsi proprio Luca. È bellissimo, lo allatto con entusiasmo.

Tuttavia sono stata anoressica anche durante la gravidanza, ho mangiato e vomitato tutti i giorni o quasi, anche se facevo due pasti assolutamente normali perché il bambino potesse crescere nel modo migliore. Ho accettato che il mio corpo si modificasse, ero anche entusiasta della mia grossa pancia, ma il solito disagio persisteva, qualcosa più che mai incontrollabile, che mi faceva sentire particolarmente in colpa proprio per la felicità autentica che d'altra parte questa maternità mi dava.

Tornata a casa, dopo poche ore dovrò di nuovo mangiare e vomitare, affaticata come sono e malgrado sia felice e appagata da questa nascita così attesa. Tutto continua come prima, il bisogno incondizionato di controllare quello che mi circonda attraverso il mio corpo, rimane e anzi si accentua proprio in quel momento. Mi rendo conto che tutto questo non è normale e che non potrò mai risolvere da sola ciò che ormai sfugge a qualsiasi logica. È questo che forse mi salverà?

Inizio una psicoterapia con una persona per la quale nutro subito un affetto intenso e che diventa importante al punto da aspettare le sedute con ansia e disperazione. È la prima volta che posso elencare le tappe dolorose della mia vita con la certezza di essere capita e accettata, sono guidata con affetto e benevolenza.

Ho ventitré anni e molto tempo davanti. L'ambiente familiare incomincia subito ad aspettarsi qualche cambiamento rilevante nel mio comportamento: mi sento osservata come se fossi un pollo arrosto del quale si controlla il grado di cottura aprendo ogni momento lo sportello del forno! Tutta questa tensione aggrava la mia situazione, con il risultato di farmi cercare, ancora di più se è possibile, il conforto del cibo sul quale convoglio le mie tensioni e quelle degli altri.

Il rapporto di coppia è sempre più difficile e inutilmente cerco di giustificare tutto questo con la mia malattia facendomene, naturalmente, una colpa. Le discussioni sono interminabili, mi sento responsabile sebbene cerchi di nasconderlo. Somatizzo attraverso dolori allo stomaco, attacchi di gastrite e colite cronica: questo tipo di malessere, più riconoscibile, sensibilizza il mio compagno. La meccanica è innestata, la reciproca dipendenza anche. Appena accenno a stare un po' meglio, è il mio compagno a stare male.

Dimagrisco a vista d'occhio, ormai la mia vita è totalmente condizionata dal sintomo, al quale lascio tutti gli spazi, senza tuttavia tralasciare niente di quello che considero i miei doveri verso gli altri.

Con mio figlio riesco ad avere un rapporto saldo, felice e intenso. È stare con lui che mi dà la forza di curarmi e di vivere, è a lui che offro tutta la mia parte sana.

Sono passati due anni e il mio terapeuta mi propone di iniziare una terapia psicanalitica freudiana con un'altra persona, giudicando il peggioramento del mio comportamento un sintomo preoccupante.

Ora sono allarmata anch'io, e molto triste di dovermi separare da quest'uomo che è diventato una figura paterna importante. Interrompo la terapia e prendo contatto con un collega del mio terapeuta, psicanalista freudiano.

Nel frattempo peggioro ancora.

Non ho avuto mai difficoltà a riconoscere che il mio comportamento è anomalo, non ho mai negato a me stessa o ad altri di essere una persona ammalata. Non mi illudo più di poter guarire con la sola volontà senza una terapia. Ho capito da molto tempo che questo tipo di certezza è inaccettabile, Falsa e pericolosa.

La realtà è che io non ho nessun tipo di volontà, anche perché se ne avessi non sarei caduta in una trappola così orrenda. Ho voglia, sì, di guarire completamente, ma nell'unico modo possibile: attraverso la comprensione delle cause del mio comportamento. Per questo ho bisogno di un interlocutore, di un terapeuta.

La terapia inizia; i sintomi si rafforzano e invadono ancora di più la mia vita: sono i funzionamenti di difesa. Faccio diversi tentativi di mangiare senza vomitare. Una sera, due uova: ingrasso due chili. Diversi mesi dopo, due zucchine, ingrasso ancora due chili. Tutte le volte lo sgomento è tale che mangio solo per rimettere. Anche l'acqua è sotto accusa, bevo pochissimo; il mio peso è ancora intorno ai 40 chili, ne ho persi quindi tre dall'inizio della nuova terapia, l'obiettivo è sempre perdere più peso possibile. Sono convinta che dimagrire sia l'unico modo di tenere l'ansia lontana. Ingrassare anche due etti rappresenta una catastrofe. Me li sento addosso subito, senza bisogno di pesarmi, una zavorra che mi paralizza. Di colpo divento depressa, o terribilmente aggressiva, non riesco ad affrontare il pensiero di dover vivere minuto per minuto il periodo di tempo necessario per riperdere non solo quei due etti ma molti di più, in modo da allontanarmi il più possibile da quel peso insopportabile.

Quindi mi peso tre, sei volte al giorno. Evito di guardarmi allo specchio per non vedere il mio corpo, reso osceno da quella trasgressione. Non gli darò più pace mangiando e vomitando, nella speranza di perdere il più in fretta possibile questo grasso ripugnante. Ma ciò che più mi avvilisce è che sono perfettamente consapevole di essere preda di un comportamento folle.

Mi illudo di vomitare non del cibo quanto del grasso!

So anche che tutto questo cibo che ingurgito freneticamente non può non essere assimilato almeno in parte anche se rimetto apparentemente tutto e che quindi, se mi mettessi a dieta seriamente, forse dimagrirei senza danneggiare tanto il mio corpo. È il vomitare il problema più serio, la dipendenza più difficile da cui disfarsi.

Dopo due anni, l'analista mi suggerisce di farmi visitare da un endocrinologo, preoccupato forse della continua perdita di peso. A questo specialista spiego in modo molto chiaro il tipo di rapporto perverso che ho con il cibo, il rifiuto di avere un'alimentazione di qualsiasi tipo, la lotta che tutti i giorni affronto per combattere la voglia matta di cibo e i miei inevitabili cedimenti. Spiego quanto sia difficile e doloroso procurarmi il vomito. Al termine dell'incontro durato due ore, il medico mi prescrive uno sciroppo che, secondo la sua esperienza, mi avrebbe fatto venire molta fame. Non aveva capito niente. Ero furibonda.

Esco tremando, perdo ogni fiducia nell'analista che sento fragile, vulnerabile e che avrebbe dovuto evitarmi quell'esperienza. Ho la certezza di averlo dominato attraverso il mio peggioramento di fronte al quale si è spaventato. Non posso più continuare un'analisi con un terapeuta che sento in qualche misura attaccabile. Il mio sentimento di onnipotenza si è rafforzato.

Siamo a giugno e ho davanti a me due mesi di fermo estivo in cui non avrò nessun appoggio e neanche il conforto di trovarlo facilmente al ritorno dalle vacanze.

"Lei è un'anoressica atipica" mi dice uno psichiatra di chiara fama, mentre mi fa sfilare davanti a lui per esaminare i termini della mia magrezza. Mi sono sentita un animale raro.

Questo mi lusinga, professore, ma non risolve il mio problema!

Ero stata mandata da lui per un consulto, tra una terapia e l'altra. Voleva dire che, a differenza delle altre, io non negavo i miei sintomi, anzi. Per questa ragione, lo so bene, ho molte possibilità di guarire.

Conosco diverse persone che hanno problemi di anoressia e negano strenuamente la realtà.

Dicono di non avere appetito quando non mangiano in pubblico, oppure mangiando in modo esasperato spiegano, senza che nessuno glielo chieda, che "bruciano" tutto ciò che ingoiano in modo anomalo. Sono quelle che vomitano e che non vogliono mettere in discussione il loro comportamento.

Oggi sono più afflitta che mai, tuttavia entrando in un gigantesco hangar pieno di automobili ho visto un merlo addomesticato dagli impiegati. Era commovente vedere, in quell'ambiente senza poesia, quell'uccello volare allegramente e, soprattutto, seguire il suo padrone.

Mi ha dato un po' di speranza. Possono accadere cose inattese, forse potrei anch'io vedere la mia vita cambiare!

La mia seconda psicoterapia si era interrotta quattro mesi prima e, tornando dalle vacanze, mi ero messa a cercare affannosamente uno psicanalista che potesse prendermi in terapia. Stavo male.

L'Istituto di Psicanalisi Italiana mi aveva fornito quattro nominativi, ma nessuno di loro se la sentiva di prendere quella che per loro era una paziente "a rischio", come mi dissero tutti molto crudamente.

Sebbene fossi demoralizzata, ero tornata all'Istituto e avevo ottenuto un ultimo indirizzo. Dopo poche parole dette per telefono avevo capito che avrei potuto iniziare la mia analisi subito. E con una persona che mi ispirava una simpatia istintiva.

Era molto giovane, mi sembrava forse più di me, minuta, con gli occhi molto belli in cui intravidi gli stessi sentimenti che lei stessa mi suggeriva.

In quel momento sentivo che tutto quello che avevo dovuto sopportare in termini di sofferenza e di solitudine era stato compensato da quell'incontro inatteso. Ero felice e piena di speranza.

Durante la prima seduta esplorativa avevamo anche stabilito le modalità della terapia, il ritmo, il costo e avevo accennato alla mia unica perplessità che riguardava la sua età che mi faceva dubitare della sua esperienza. Lei prese quel pretesto raccogliendo la reale sfida per iniziare l'analisi il giorno seguente.

Incominciavo a raccontare la storia della mia vita, un lavoro che continuai diligentemente per molti mesi con un ritmo di quattro sedute a settimana. Per un anno pensai di essere sul punto di risolvere i miei problemi, non rendendomi conto che invece non era ancora iniziata l'analisi vera e propria. Più tardi ho capito che è solo quando non si può più ricorrere all'uso del solo racconto della propria vita che si incomincia a entrare nel centro dell'analisi.

Tremo, ho freddo e una struggente voglia di piangere che devo combattere. Non ho il coraggio di entrare nella depressione. Fino a quando resisterò non dovrò entrare in contatto con la realtà, una realtà che una parte di me conosce, ma che combatto a ogni costo da sempre, rischiando di morirne o comunque di non vivere. Lasciarmi andare potrebbe significare affrontare una vera solitudine dalla quale ho il timore di non poter uscire.

Una condizione quella che mi metterebbe di fronte a uno stato di provvisoria vulnerabilità, prima di poter ricostruire qualche cosa di nuovo che forse un domani mi permetterebbe di vivere senza le difese perverse che mi hanno sostenuta per una vita intera. È questo il momento che ho paura di affrontare. Una nascita senza genitori, con un'analista che mi sta sì vicina, ma che non mi dà ancora la certezza di potermi veramente sorreggere.

Ogni giorno controllo automaticamente più volte il mio corpo. Solo se sento le ossa del mio scheletro, come ieri, sono tranquilla. Vi sono alcuni punti strategici dove riconosco qualsiasi variazione di peso e mi sbaglio di pochi etti. Una perdita di peso mi offre un'autonomia, la sensazione di essere al riparo dall'angoscia e quindi la possibilità di allentare la tensione che la paura di ingrassare mi procura: sono dimagrita dunque sto andando nella direzione giusta.

Mi siedo, preferibilmente per terra, da sempre scelgo le posizioni più scomode, dove le mie ossa premono nella mia carne procurandomi dolore, ma appena qualcuno ne indica il motivo nella mia eccessiva magrezza, io lo nego. Il colorito della mia pelle è giallo e una peluria bionda e fitta mi ricopre il viso e il resto del corpo. Sono questi i segni dell'anoressia che conosco e che mi confortano.

Il terrorismo psicologico di cui sono vittima mi lascia indifferente. Sono convinta di essere forte, invulnerabile e, tutt'al più, in caso di grave pericolo potrò mangiare un po'…

Non esibisco la mia magrezza che serve a confortarmi, ma spaventa evidentemente gli altri, del resto mi faccio abbastanza orrore da sola. Voglio avere tutto lo spazio di cui ho bisogno per consumarmi nel mio malessere. Eppure faccio quello che posso, parallelamente, per uscirne in qualche modo anche se questa possibilità mi spaventa. Da anni lotto per dimagrire, per controllare attraverso questo comportamento i miei bisogni e so anche che, quando sarò guarita, questo vorrà dire che tutta la fatica che ho affrontato, tutte le privazioni e le torture che mi sono inflitta mi sembreranno inutili. Dovrò accettare un corpo normale, che immagino enorme, grasso, incontrollabile. Tornerò a essere grassa, bulimica come lo ero a sedici anni. Non sarò più capace di controllarmi. Le persone che hanno un eccesso di peso possono contare, al termine della bulimia, di ritrovare un corpo normale, io dovrò fare la strada inversa, dovrò aumentare il mio peso. Ho il terrore di tornare a essere grassa. Tutto questo mi spaventa e, per arginare questa paura, prenderò ancora di più le distanze da quel pericolo e dimagrirò ulteriormente. Poi vedremo. Mi comporto a volte come se la soluzione di tutto dovesse avvenire al di fuori di me.

Da mia madre ho ereditato un modello femminile basato sulla seduzione. Lei mi ha insegnato che così si può ottenere tutto. Ho assorbito, mio malgrado, questo tipo di comportamento. A differenza di lei io non riesco a difendermi dalle conseguenze negative che questo comporta e mi offro quindi al mio prossimo per ottenere qualsiasi tipo di gratificazione; divento prigioniera dell'altro, non provo nessun piacere nella relazione; se provo un sentimento autentico, la consapevolezza di avere sedotto l'altro per usarlo mi getta nella colpa più totale. In seguito, per salvare l'altro da me, divento la sua schiava, annullo i miei bisogni.

Non riesco a convivere con il pensiero che qualcuno possa soffrire a causa mia, per questa ragione creo situazioni di estrema ambiguità che rasentano la malafede e, di fatto, sono fondamentalmente cosciente del mio comportamento.

Dentro di me spezzo i legami con l'altro.

Non ho elaborato la separazione da mia madre. Per questa ragione ho cercato, durante l'arco della mia vita, di ricreare un rapporto simbiotico con tutti senza riuscire a costruirne uno adulto. Non ho potuto sperimentare un periodo di vita in cui imparare a vivere da sola per poter scegliere poi un rapporto che non fosse di dipendenza per entrambe le parti, che non risultasse un legame reciproco.

Mia madre, d'altra parte, non ha saputo assecondarmi nel momento in cui tentavo di separarmi da lei, perché lei stessa aveva bisogno di me.

Così continuo a propormi agli altri come una loro estensione, ma accade anche il contrario. In tutti i modi creo dei rapporti simbiotici.

Il caldo è insopportabile, sono molto indebolita e respiro a fatica. Paradossalmente è proprio la mia malattia a darmi la forza di volontà necessaria per muovermi. Investo tutte le mie energie in una direzione che non mi sta portando da nessuna parte.

Ma l'importante è non cedere mai.

È mezzogiorno e tra poco, come sempre, andrò in cucina, apparentemente per mangiare qualcosa di innocuo, mentre una parte di me sa molto bene che cadrò nel solito ingranaggio. Non posso evitarlo. Sono incapace di controllare quell'impulso che si impadronisce letteralmente di me e che non provo neanche più a reprimere.

In questo momento sono di nuovo nelle sue mani; questo automatismo mi tortura. Sto già mangiando, non so neanche cosa e non importa, l'importante è riempire questo vuoto immenso che percepisco più volte al giorno.

Ho mille pensieri nella mente, ma guardo anche l'orologio, perché ho un tempo limitato di ore davanti a me. Devo scegliere un certo cibo piuttosto che un altro perché nel frattempo riesco a assimilarlo e ingrassare. Questo, secondo la logica che mi sono creata. Mangio sapendo che alla fine di tutto dovrò vomitare e questo pensiero mi assilla sempre di più, disturbandomi a tal punto che divento triste – ma continuo per placare la mia ansia, ormai il gioco è fatto, non posso fermarmi.

Ingoio tutto velocemente, non sento già più i sapori, intravedo a malapena quello che furtivamente sto ingoiando. Con una mano mi porto alla bocca del cibo, con l'altra ne cerco dell'altro, così, alla cieca. E lo cucino anche, ma ormai è solo la quantità che conta, devo stipare quanto più cibo il mio stomaco riesce a contenere. Deve essere quella precisa quantità, altrimenti non riesco a vomitare.

Sono un contenitore provvisorio. Vorrei bere ma non posso riempire il mio stomaco già dilatato con semplice acqua, di cui dovrò berne comunque, dopo, circa due litri, tra dolori atroci, per facilitare l'espulsione del cibo. Prima di rimettere mi peso. Ogni volta ingurgito circa quattro chili di cibo solido e liquido.

Il cuore batte troppo forte, ho paura di morire così, un giorno, ma intanto mangio ancora. Il cibo non ha più sapore, non ha più colore, non è più cibo. Forse mi sto solo tappando la bocca per non chiedere aiuto, per non scoppiare in un pianto interminabile che nessuno potrebbe interrompere. Un pianto represso da anni, tutto il dolore e la rabbia che non ho potuto mai esprimere.

Sono ingrassata un chilo e non so neanche come sia successo. Sono talmente disperata che non mangerò mai più, neanche la tazza di latte che mi concedo abitualmente.

Non riesco a immaginare in quale modo resisterò dovendo convivere con questo grasso fino a quando non lo perderò. Devo ritrovare immediatamente il mio solito peso. Anzi, devo perdere due chili. Non mi consola affatto di essere sottopeso di almeno venti chili.

Non ho voglia di uscire di casa, non voglio parlare con nessuno, sono piena di rabbia nei confronti di tutti e di me stessa perché mi sento enorme. Non valgono i ragionamenti che cerco di farmi razionalizzando questo aumento di peso, che per me equivale a venti chili in più per una persona normale, così, in un giorno. E se questi chili mi facessero diventare una persona normale, tanto peggio, è proprio quello che sto combattendo da dieci anni.

Sono talmente sottopeso che non appena mi concedo di mangiare due mele ingrasso un chilo, come se il mio organismo fosse così affamato da non farsi scappare un apporto calorico anche minimo.

Disprezzo i comportamenti degli altri. È volgare mangiare, fare l'amore, desiderare. Ogni volta che ingrasso un po' sento un forte disprezzo per le persone che mangiano, fanno l'amore, ridono. È tutto osceno, disgustoso, quello che vedo intorno a me.

Piango in silenzio, seduta sul bordo della vasca da bagno dopo essermi pesata. Un pianto senza testimoni, mi peso anche quattro volte al giorno per essere certa di non avere perso il controllo del mio corpo. Un aumento di pochi etti rappresenta quindi una catastrofe insormontabile.

Mi sono concentrata per tutti questi anni sul cibo. Mangiare tutto o non mangiare niente, dare sfogo alla mia avidità o reprimerla completamente.

A pochi passi dallo studio dell'analista, il laboratorio del panettiere dal quale esce un profumo indicibile. Le cassette ricolme di pane, la voglia di mangiare una sola rosetta per una volta sola e non tutto il pane del mondo.

Come potrò mai mettere fine alla mia avidità, alla mia rabbia divorante?

La rabbia si trasforma in ansia o, peggio, in depressione.

Durante questi rituali ossessivi, nessuno può avvicinarsi alla stanza da bagno.

È un accordo tra me e il resto della casa. Un rumore qualsiasi dietro la porta blocca anche per un'ora la mia volontà di rimettere. Deve esserci una possibilità che la gente non sappia. Tutto è legato a una serie di condizionamenti estremamente sottili, ho bisogno di una concentrazione fortissima, di una volontà totale, rimettere è quanto di più difficile ci sia. E anche quella è una sfida che raccolgo ogni giorno.

Ho rimesso spontaneamente una sola volta a quindici anni, in seguito a un avvelenamento.

Ho ricevuto un'educazione sicuramente rigida, per una bambina che non aveva certamente bisogno di farsi ripetere niente e che percepiva i divieti prima che fossero pronunciati.

Quante saranno state invece le cose che avrei voluto chiedere senza osare farlo?

Una signora anziana mi portava al parco ogni pomeriggio. Talvolta, strada facendo, mi comprava delle caramelle. Erano divisi per colore e stipati nei conte nitori di vetro quei topolini gelatinosi che lei mi centellinava, estraendoli da un cono di carta. Ogni giorno, tornando da scuola, mi fermavo per un attimo a guardarli davanti alla vetrina. Temevo che mi sorprendessero, così non ho mai osato chiederli.

Il mio corpo si è modificato in modo molto evidente, sono ormai uno scheletro. È così che per anni mi sono illusa di risolvere tutti i problemi che hanno occupato la mia vita, ma oggi sono costretta ad ammettere che solo per pochi minuti dopo essermi resa conto di essere dimagrita ancora, sono apparentemente meno infelice e tesa. Tutte queste violenze che mi infliggo quotidianamente per arginare l'ansia non mi danno in realtà nessun tipo di tranquillità. Sono sicuramente soddisfatta di non essere più troppo grassa, ma il prezzo che pago oggi, soprattutto, non mi restituisce niente di confortante.

Ho distrutto la bella bambina sana che mia madre esibiva. E allora?

Credo di avere perso l'esatta percezione di quello che può essere un corpo di dimensioni normali. Se ingrasso di trecento grammi mi sento enorme, mi aspetto che chiunque se ne accorga e se ne rallegri, mentre per me è il segno di una grave trasgressione – nessuno oserebbe mai farmi notare un eventuale ingrassamento per paura di spaventarmi. Sono dimagrita lentamente e non ho la percezione di quanto io sia magra. Infatti è solo perché gli altri dicono che sono scheletrica che posso credere di esserlo davvero. È diventato difficile trovare vestiti che mi si adattino, sono costretta a comprarli nei negozi per bambini. I blue jeans che indosso, ne ho due paia, ma di due taglie diverse, sostituiscono la bilancia. Nel momento in cui li indosso so ormai esattamente di essere ingrassata o dimagrita di pochi etti. Conosco a memoria il mio corpo, lo tocco ogni momento senza rendermene conto, per controllarlo. È attraverso questo che ho la sensazione di controllare tutto il resto. Mi guardo allo specchio, il mio viso è prematuramente invecchiato, ma non me ne rammarico. In un certo senso questa è la prova della sofferenza che mi infliggo e significa che non ho trasgredito alle mie regole ferree. Gli occhi sono spesso tristi, quasi spiritati, anche quando sono sorridente. Non hanno mai l'espressione del resto del viso. Hanno una fissità che da sempre tradisce quello che vorrei esprimere senza osare farlo. Una tristezza che non posso riconoscere.

Da qualche tempo mi dolgono le ghiandole salivari, in particolare a sinistra dove sono molto gonfia. Ogni volta che rimetto, la ghiandola submascellare si gonfia come se avessi un'albicocca sotto la lingua, ma non riesco malgrado il dolore a ridurre il numero delle volte in cui vomito.

Continuo a sollecitare l'attività di queste ghiandole che si infiammano sempre di più e sono costretta a rivolgermi a uno specialista; questi mi diagnostica un calcolo al dotto salivare sinistro e mi consiglia di operarmi per evitare dolorose coliche. Il dolore è diventato tale che decido di affrontare subito l'intervento in anestesia locale, per mia scelta, pur di non essere ricoverata. Il ricovero mi impedirebbe di vomitare e inoltre dovrei interrompere la mia analisi. Infatti decido di andare comunque alla seduta, il giorno stesso dell'intervento. Entro in sala operatoria dove mi fanno un'anestesia eccessiva che rende impossibile l'estrazione del calcolo e sono costretta ad aspettare per più di tre ore nella stessa sala operatoria dove, nel frattempo, si svolgono altri interventi.

Sono terrorizzata ma non lo dimostro per paura di essere rimandata a casa oppure perché temo che mi facciano un'anestesia generale. Cerco di respirare profondamente, parlo in continuazione con un'amica medico che è venuta ad assistermi. Ogni tanto il chirurgo tenta di iniziare l'intervento, imprecando contro il collega anestesista che ha sbagliato il dosaggio del sedativo. È come se l'intervento avvenisse quattro o cinque volte, perché ogni volta che si avvicina il chirurgo devo farmi coraggio inutilmente. Finalmente mi estraggono il calcolo ed esco dalla sala operatoria. Diverse persone, amici e parenti, decisamente preoccupate mi aspettano. È l'una e decido di recarmi all'appuntamento con la mia analista che avevo pregato di aspettarmi anche quel giorno. Convinco tutti di essere perfettamente in grado di guidare, in realtà sono distrutta dal dolore e dalla tensione.

La mia analista è lì ad aspettarmi. Questo appuntamento mi aveva dato la forza di resistere e mi sentivo ricompensata di tutto. La sua espressione vedendomi tradisce una forte sorpresa, non si aspettava che sarei arrivata veramente. In realtà mi abbandono, nel momento stesso in cui mi sdraio sul lettino: piango silenziosamente per i cinquanta minuti della seduta, un pianto di stanchezza e di dolore più psicologico che fisico.

Mi rendo conto dell'anormalità del mio comportamento anche in questa occasione. Non sono riuscita a concedermi una pausa neanche in questa circostanza, ho dovuto dimostrare a me stessa di essere più forte di quanto in realtà io sia, sono incapace come sempre di chiedere conforto e comprensione, ho dovuto dimostrare di essere autonoma pur essendo spaventata e sofferente.

Non accetto di essere vulnerabile come le altre persone.

L'anestesia è ancora attiva e per altre quattro ore, senza tuttavia riuscire a parlare, continuo a casa un lavoro che dovrei consegnare l'indomani. Alle cinque del pomeriggio devo sdraiarmi in preda a dolori atroci e scopro di essermi sezionata la metà della lingua. Infatti, avendo parlato molto nella sala operatoria, quando la mia bocca era totalmente anestetizzata, mi ero morsa la lingua senza accorgermene.

Ormai piango ininterrottamente, mi fanno diverse iniezioni per il dolore ma senza che io ne tragga alcun giovamento. Passo una notte di agonia, l'indomani sempre nelle stesse condizioni e con la febbre alta dovuta all'infezione, mangio e vomito con otto punti in bocca e un taglio di tre centimetri sulla lingua. Questa situazione continua per altri quattro giorni, durante i quali continuo ad andare dall'analista, mangiando e vomitando ininterrottamente.

Mi rendo conto con terrore che nessuna circostanza potrà impedirmi di vomitare in futuro.

Venti giorni dopo, durante una cena in occasione del mio compleanno, mangiando un po' d'insalata condita con l'aceto, riconosco gli stessi sintomi che mi dava il calcolo prima dell'intervento. Torno dal chirurgo che mi visita distrattamente comunicandomi che ho un altro calcolo. Più tardi verrò a sapere che ci vogliono circa due anni perché un calcolo di quella grandezza si riformi e che quell'illustre chirurgo maxillofac-

76

ciale, avendomi operata senza una radiografia, si era convinto che il calcolo fosse unico e quindi ne aveva estratto solo uno.

Le coliche si susseguono e un altro specialista, al quale racconto di avere l'abitudine di mangiare e vomitare più volte al giorno, mi garantisce che questa non è la ragione della presenza dei calcoli, consigliando di togliermi la ghiandola responsabile della loro formazione.

La data dell'intervento viene fissata per tre giorni dopo. Sono preoccupata, l'operazione sarà effettuata esternamente e lascerà una cicatrice che richiederà in seguito un altro intervento di chirurgia plastica, ma soprattutto perché non dovrei mangiare e vomitare.

Mi sveglio l'indomani con una colica tale da richiedere la visita domiciliare del chirurgo che dovrebbe operarmi due giorni dopo. Per alleviare il dolore, lui cerca di aspirare con una siringa la saliva ristagnante nella ghiandola ma, durante quell'operazione, scopre che la ghiandola è completamente infetta. Il dolore è indicibile. L'indomani, in uno stato di indebolimento totale, mi alzo per andare in bagno e guardo nello specchio all'interno della bocca. Sotto la mia lingua intravedo un puntino bianco e capisco che è il calcolo rimasto. Prendo l'ago di una siringa e lo appoggio sul puntino che, come immaginavo, fa uno strano rumore. Con l'aiuto di una pinzetta estraggo il calcolo evitando così l'intervento del giorno seguente. Anche in questa occasione preferisco affidarmi alle mie cure pur soffrendo immensamente. Durante tutti quei giorni non ho mai smesso di mangiare e vomitare.

Per telefono, comunico al chirurgo esterefatto quello che è accaduto.

Questo episodio rafforza la certezza di non poter affidare ad altri che a me stessa il mio benessere.

Da anni sto attuando un gioco paradossale e suicida, di cui non conosco la ragione. Mi sono messa, senza accorgermene, in una gabbia, illudendomi che così mi sarei posta al riparo da qualsiasi contrarietà, da qualsiasi dolore e responsabilità reale. Dalla mia prigione mi rendo conto di essermi cementata in una posizione di impotenza.

Credevo di essermi resa invulnerabile infliggendomi da sola uno stillicidio doloroso che mi avrebbe immunizzata da qualsiasi attacco esterno e da ogni dipendenza affettiva. Rinunciando a essere, ad avere, per la paura di perdere quello che avrei ottenuto, ora sono costretta ad ammettere che, malgrado tutti gli sforzi, sono caduta nella trappola che io stessa mi sono tesa.

Da dietro le sbarre posso vedere quello che mi circonda: una vita che mi piace ma alla quale non posso partecipare. E tutto questo me lo sono precluso per l'incapacità di abbandonarmi al piacere di vivere. Disapprovo il modello di vita di mia madre, ne ho preso le distanze a tutti i costi piuttosto che crearmi uno stile di vita diverso.

I drammi continui dai quali sono stata circondata hanno viziato la mia capacità di valutare le cose normali che possono probabilmente esistere. Mi sono creata il mio dramma personale, uno stile di vita, dove non mi è concesso, come allora, di vivere tranquilla in situazioni che non richiedano sofferenza.

Non mi hanno insegnato a rispettarmi, non ho visto nessun tipo di rispetto reciproco intorno a me. Mi hanno però insegnato prematuramente ad accettare gli altri senza discutere e a mettermi a disposizione di tutti pretendendo di offrirmi, in questo modo, un'ottima educazione. Non ho conosciuto i confini tra l'adolescenza e la vita adulta, e mi trovo oggi, a trent'anni, a rispettare gli altri senza aver raggiunto il rispetto di me stessa.

Le continue interferenze esterne, il clima di eccitazione nel quale ho vissuto, non mi hanno permesso di crescere con i miei tempi, con le pause e le impennate degli adolescenti; non ho avuto l'opportunità di entrare in contatto con me stessa e dunque con i miei bisogni.

L'ambiente precario che mi circondava non mi permetteva di lasciarmi andare. Ho dovuto faticosamente controllare tutto e tutti per non cadere nel vuoto. Ogni tentativo di crescita autonoma è stato disturbato dai problemi irrisolti dei miei genitori.

Nella promiscuità nella quale sono cresciuta, inglobata nella vita di mia madre, ho assistito a episodi di inganno ripetuti. Ho imparato a credere solo nelle certezze che, da sola, mi sono costruita e di cui sono diventata una severa custode.

I punti di riferimento che cercavo erano strettamente legati all'umore di mia madre. Così la sua presenza o quella di un suo compagno legato al momento erano bersagli mobili di cui dovevo privarmi nel momento in cui lei non ne aveva più bisogno, anche quando li avevo finalmente accettati. E lei era sempre in movimento, sempre all'inseguimento di qualcosa che sembrava non trovare mai.

Non si rendeva conto forse del terremoto che creava intorno a sé: una situazione di totale precarietà. Nessuna continuità, nessuna tranquillità, uno stato di ansia senza fine, di eccitazione dove non c'era la possibilità, mai, di sapere dove saremmo atterrati.

Se qualcuno o qualcosa mi impedisce di portare a compimento quello che è diventato un rituale ossessivo, ma indispensabile per la mia sopravvivenza, mi sento veramente pronta a fare una pazzia pur di poter vomitare. C'è una parte di me che non posso controllare in quei momenti e penso che potrei eliminare chiunque mi si metta davanti per impedirmelo, anche se sono perfettamente consapevole della follia che si è momentaneamente impadronita di me. Del resto è una questione di sopravvivenza.

Succede molte volte che quando sono sul punto di vomitare, capiti qualcuno che, ignaro del mio problema, cerchi di avere la mia attenzione. In quei momenti riesco a controllarmi per disfarmi nel più breve tempo dell'intruso, recitando in un modo che mi stupisce sempre, sia mentre accade che dopo. Per nessuna ragione al mondo infatti potrei raccontare la verità a qualcuno, raccontare quella che per me è la cosa più vergognosa che possa accadere a una persona. Per questo riesco a mentire, ancora più sfacciatamente, anche a quelli che sanno ciò che accade quando devo andare in bagno. Riesco sempre a trovare una ragione plausibile che giustifichi il bisogno di chiudermi là dentro. Se penso di non avere convinto il mio interlocutore non riesco in nessun modo a vomitare. Più questa operazione è resa difficile da situazioni del genere più sono esaltata.

Mi chiedo da quando io abbia incominciato a recitare con me stessa e quindi con gli altri. Ho imparato precocemente che per farmi accettare dovevo essere equilibrata e conciliante. Essere sorridente rende gradevole chiunque. Mi sono sempre messa nelle posizioni più scomode per non dare fastidio, ho recitato la parte della bambina senza pretese avendone invece forse più degli altri. Di me si diceva che ero matura, più matura della mia età e ragionevole. Invece di farmi avanti e chiedere qualcosa per me, accettavo tutto aderendo immediatamente all'immagine che avevo costruito per gli altri.

Ho perso nel tempo anche le percezioni più elementari delle mie necessità, tanto sono stata abile a occultarle a me stessa.

Senza esserne consapevole, cerco automaticamente di mettermi a disposizione delle persone che hanno bisogno di me. Mi sento in colpa di tutto. In un certo senso non ho ancora ottenuto quella che potrebbe chiamarsi una licenza di vivere. E mi ripeto spesso che ho il diritto di avere qualsiasi cosa abbiano gli altri, ma è solo una teoria che non posso ancora applicare a me stessa.

Così, mangiando e vomitando, riesco apparentemente a soddisfare immediatamente ogni mio bisogno senza ricorrere ad altro, senza dover dipendere dagli altri o aspettare. Mi allatto da sola. Mi rendo conto tuttavia di essere terribilmente isolata, e che tutto questo nasconde una forte insicurezza.

Non ho la capacità di arrivare dove vorrei attraverso i percorsi normali lasciando che il tempo passi o lottando per ottenere ciò che desidero. L'impulso è impossibile da frenare, devo a qualsiasi costo avere tutto quello che mi serve subito. Questo perché l'angoscia è talmente forte che è indispensabile metterla a tacere nel più breve tempo possibile, altrimenti ne verrei travolta, con conseguenze che immagino sconvolgenti. E non conosco queste conseguenze perché non ho mai provato "crisi di astinenza da cibo".

Questa possibilità di mangiare in ogni momento risolve alla fine ogni problema, naturalmente solo in modo fittizio.

In certi momenti ho la certezza che il mio comportamento sia simile a quello di una ninfomane. Soffro di ninfomania alimentare. Mangio senza provare quel vero piacere che dovrebbe appagare l'appetito per un numero ragionevole di ore.

L'abbondanza di cibo, di sesso, mi rende pazza dalla rabbia per la tentazione continua che rappresenta.

Mi illudo di non dipendere da nessuno avendo adottato questo modo di vivere, mentre da un'altra parte so di essere totalmente dipendente dal cibo che però riesco a procurarmi quando voglio, anche se sono libera di andare dove voglio, non posso neanche accettare un invito a cena per la paura di non poter vomitare subito. Rifiuto viaggi interessanti, da anni; per la stessa ragione non posso andare al cinema: l'allontanarmi da casa mi procura un'angoscia che spesso mi fa mangiare prima di uscire e, una volta che ho mangiato, il meccanismo che scatta mi impedisce di uscire. Sono quindi prigioniera di me stessa e questo alla fine è peggio di una dipendenza da altri che, invece, mi lascerebbe forse un po' di respiro.

Tutto questo lo so, ma lo nego quasi tutti i giorni, perché ammetterlo mi fa sentire completamente scissa. Non ho più sicurezze, non ho il respiro per guardarmi intorno, non ho niente se non quest'unica maledetta certezza di un rituale che però mi distrugge.

Così il tempo vola, le giornate si susseguono sempre orribilmente uguali, senza neanche l'illusione di avere davanti a me qualcosa di diverso, da esattamente quindici anni, cinquemilaquattrocento giorni.

Siamo in montagna, ieri ho resistito un giorno senza vomitare e non ho mangiato praticamente niente.

Oggi ho ripreso le abitudini di sempre con maggiori difficoltà dovute da una parte alla presenza degli amici e, da un'altra, all'altitudine. Mangiare troppo e vomitare procura un affaticamento notevole all'apparato cardio-respiratorio che l'altitudine acuisce. Sono svenuta due volte, non riesco a respirare né a dormire.

Ogni volta che faccio un tentativo qualsiasi di vita normale, mi accorgo di essere totalmente condizionata dai sintomi e quindi di non potere fare la vita che fanno gli altri. Dobbiamo tornare subito a Roma, qui non posso stare.

Durante i primi mesi dell'analisi, sono affascinata dalle deduzioni della mia analista. Io le racconto un sogno, lei costruisce dei collegamenti che mi sembrano bellissimi ma, proprio per questo, ancora astratti.

Ci vorranno anni prima che io senta veramente, e quindi con dolore, che tutte quelle interpretazioni riguardano veramente me, che sono suggerite solo dalla mia storia individuale e che sono importanti per la mia analista proprio perché io, Fabiola, ho questi problemi, diversi da quelli di altri pazienti.

Altri pazienti ne incontro spesso e devo accettare di non essere l'unica bambina della mia analista anche se dentro di me c'è la speranza di essere quella più amata.

Intorno a me, la vita corre a gran velocità. La gente cammina, sorride. Le coppie vivono e fanno progetti. Molti vanno al cinema, a teatro e alle mostre. Sono persone libere. Uomini e donne capaci di accettare la vita come viene. Chi mi restituirà gli anni della mia prigionia? Farò in tempo a conoscere anche io una vita diversa o addirittura "normale" piuttosto che fare sì dei tentativi di uscire di casa ma solo per ritrovarmi regolarmente a entrare in un negozio qualsiasi per procurarmi il cibo, la mia droga, e dopo questo per tre ore, anche tre volte al giorno, estraniarmi completamente dalla vita che mi circonda. Senza pensare, senza sentire, senza volere niente altro che riempire ogni spazio del corpo e della mente con il cibo.

Con quanta rabbia mi guardo intorno e ascolto i rumori di quelli che, diversamente da me, riescono a vivere!

Cosa mi impedisce di dare spazio ai miei bisogni? È, forse, per non lasciare che la depressione infinita che da anni mi gira intorno minacciosa, mi raggiunga? Così, come in un film, continuo a correre anche quando il mio inseguitore ha smesso la sua corsa. Sto male anche senza una ragione apparente perché il mio disagio non è di oggi.

Forse la mia crescita si è interrotta quando papà non ha potuto più proteggermi e io ho indossato un lutto interminabile. Non ho un'età. Quanti anni ha questa mente che ha visto tanto e dovuto pensare più del necessario e quanti anni ha questo corpo da adolescente? Mi sento una morta vivente, vorrei anch'io un posto nella vita, come tutti.

Mangio e vomito. L'ansia mi spinge a fare e disfare, come delle piccole riparazioni improvvisate che durano pochi attimi. Ogni volta che la depressione si avvicina troppo, apparentemente senza esserne veramente cosciente, diventa un'impresa resistere all'impulso di mangiare. Cerco sempre qualcosa di faticoso da intraprendere per non lasciare spazio alla depressione.

Un funzionamento questo che mi protegge da qualsiasi possibilità di cambiamento.

Come i bambini, mi aspetto ancora di ottenere ciò che voglio senza faticare, senza aspettare. Devo trovare da qualche parte la forza di entrare nel tunnel della depressione o lasciarla entrare in me, è quella la sola possibilità di crescere.

Ho nove anni.

Mi sono costruita un corpo fragile per proteggermi dalle richieste degli altri anche se, per abitudine, continuo ad anticiparle. Ho dimenticato invece i miei bisogni, ma forse non lì ho mai conosciuti. Non mi hanno mai insegnato che anche io potevo averne.

Sono passata da una dipendenza a un'altra, ho sempre bisogno di un seno. Mia madre, un uomo, l'analista. Vivo nella clandestinità. Vivo in un sotterraneo, costretta da una disperazione inarrestabile alla quale non posso neanche dare un nome.

Per anni ho ascoltato attentamente le spiegazioni che un amico medico mi dava riguardo ai danni che sicuramente avrei procurato al mio fisico, ma ogni volta il mio sentimento di onnipotenza mi convinceva che avrei potuto tener testa a qualsiasi evoluzione fisiologica negativa. Mentendo a me stessa mi convincevo di poter impiegare la stessa energia che usavo per distruggermi per ricostruire il mio fisico, qualora fosse veramente minacciato.

Registravo quanto avevo ascoltato e ogni volta raccoglievo la sfida. Ero certa che l'altra parte di me, in qualsiasi momento, avrebbe saputo riprendere in mano la situazione, come se a quel punto la mia parte adulta potesse prendere in carico la mia parte infantile e obbligarla a smettere di fare i capricci.

Se dipendo dagli altri, creo anche delle dipendenze negli altri. Le modalità si ripetono, conosco e costruisco solo rapporti simbiotici, dunque infantili.

Vivo a metà.

Da una parte questo l'ho voluto io, per non confrontarmi con una realtà che ho percepito troppo dolorosa, da un'altra non posso più negare che la mia condizione sia diventata insostenibile.

La mia vita non è altro che il risultato di una serie infinita di privazioni. Da nove anni non ho una vita sessuale. A volte questa mi manca, non per un vero desiderio quanto per essere come gli altri. Eppure mi sembra il problema meno grave dal momento in cui non riesco da vent'anni a mangiare una mela senza sentirmi in colpa o ingrassare letteralmente a vista d'occhio.

E del resto il sesso non sarebbe altro che un pretesto per poter ottenere affetto e tenerezza.

Ho l'impressione che qualsiasi comportamento normale o piacevole per gli altri mi sia vietato. Per avere una vita sessuale dovrei poter essere libera dalla ossessione della bulimia e potermi abbandonare a un rapporto con un uomo. Oggi, anche se lo incontrassi, parlerei con lui, starei con lui cercando di fare convivere il rapporto con la smania di mangiare e vomitare. Sarebbe un fatica in più da aggiungere alla mia vita fin troppo massacrante.

E mi chiedo se una persona che non si ama come me possa amarne un'altra. Non ho nessun amore per me stessa, nessun rispetto per la mia vita e per la vita in genere. Non provo desideri per la paura di non poterli soddisfare, perché potrebbero essere frustanti. Mia madre, diversamente da me, ha sempre accaparrato tutto per non subire privazioni.

Io sopravvivo a modo mio, in un modo terrificante, per contrastare mia madre. Ai troppi desideri di mia madre, io rispondo con le privazioni ad oltranza. Sono diventata l'anti-madre.

Per quanto tempo ancora dovrò essere il contenitore delle depressioni antiche di chi mi ha messa al mondo e di tutti quelli che vivono intorno a me, per quanto tempo ancora dovrò elaborare i lutti altrui? Mi sento la vittima designata della mia famiglia d'origine e, non a caso oggi, della famiglia che mi sono costruita secondo le modalità che ho sempre conosciuto.

Il mio corpo è il bersaglio di tutta la rabbia che non riesco a tirare fuori e con lui ho intrapreso una specie di roulette russa.

Le ghiandole salivari sono di nuovo gonfie e doloranti. Suggerisco ai medici che questo possa essere il risultato dell'attività forsennata alla quale le sottopongo. Tutto questo vomitare è una continua sollecitazione non contemplata nella gamma delle funzioni biologiche. Ma loro sono sordi a queste supposizioni e preferiscono spedirmi da altri colleghi, i quali tastano malamente le ghiandole che si gonfiano sempre di più provocandomi fortissimi dolori e una febbre continua. Nessuno capisce niente e, quello che è ancora più grave, nessuno lo ammette. Mi suggeriscono di prendere delle compresse di cortisone che, tra l'altro, già prendo da sola.

Oggi ho imparato che il calcolo al rene, le ghiandole sempre gonfie, l'assenza di mestruazioni, la pelle secca, una sete continua e altri problemi ai denti, sono il risultato del vomito compulsivo.

So anche che se cerco di mangiare poco e di non vomitare, per alleviare il dolore, pochi giorni dopo quest'astinenza dal cibo che mi impedisce di consolarmi, di mediare l'ansia, in altre parole di non sentirmi impazzire del tutto, mi farà ricadere in modo ancora meno controllato nell'orgia alimentare.

Devo perciò continuare a cercare le cause di tutto questo dramma, nella speranza di non morire nel frattempo. E sostenere intanto gli sguardi interrogativi di tutti coloro che non capiscono – e come potrebbero in fondo, dal momento in cui ci sono popolazioni intere, e bambini soprattutto, che sopravvivrebbero due mesi con quello che ingurgito in un giorno! Mi sento disperatamente sola e colpevole, incapace di giustificarmi.

Sicuramente una gamba ingessata mi darebbe meno sofferenza e sarebbe accettata molto più di questa dipendenza dal cibo, vista da tutti come una imperdonabile mancanza di autocontrollo. Perfino l'alcolismo è più tollerato, probabilmente perché non è legato a un problema di gola. La dipendenza dal cibo porta sicuramente altrettanta sofferenza anche perché è vissuta da chi ne è afflitto con una consapevolezza o lucidità maggiore. La mente non è offuscata, non è possibile rifugiarsi nel torpore, e non si può sempre negare la realtà. Si è maggiormente avviliti, ci si sente inadeguati e orribilmente colpevoli di tutto.

Chi può concepire che un'azione normale come l'assunzione del cibo, debba necessariamente essere seguita dal rimetterlo. È un concetto impossibile da capire e questo crea le barriere dietro le quali una persona prigioniera di questo comportamento si deve nascondere a tutti i costi e finisce per vivere nella solitudine e nella vergogna il proprio dramma. Con indicibile fatica deve avere il coraggio e la forza di uscire dal vicolo cieco in cui si trova e affrontare una terapia.

È un panico costante che genera altro panico, al quale si rimedia rifugiandosi ancora di più nel comportamento perverso che si è in qualche modo scelto per porre sollievo al proprio malessere. Una stanchezza mentale e quindi fisica mi accompagna in ogni momento della giornata, la notte è solo una breve pausa in attesa del giorno dopo, dove sono già certa di ripetere gli stessi percorsi del giorno precedente. La sola speranza è di non incontrare nuovi imprevisti a cui far fronte che renderebbero ancora più faticoso l'insieme dei disagi con i quali convivo.

Nei momenti in cui sto male, sogno a occhi aperti di potermi rifugiare per una settimana a casa della mia analista.

Essere guardata a vista, giorno e notte, convinta che solo così potrei evitare di vomitare. Vorrei che lei mi rinchiudesse, magari legandomi, pur di mettere fine al mio martirio. Ho desiderato follemente che mi proponesse di tenermi lì, da lei, in quello che immagino sia uno sgabuzzino, proprio dietro la porta. Ho fantasticato che vi si trovino già altre pazienti privilegiate.

Non riesco a controllarmi da sola. Ovunque io vada, a casa di amici, in aereo, in treno, qualsiasi programma io faccia viene interrotto dal bisogno irrefrenabile di mangiare del cibo che finisco col vomitare dolorosamente.

La vita è per me una espiazione senza tregua, dove nessun piacere può trovare spazio.

Le due parti di me stessa si combattono da sempre. Una, sana, si permette di desiderare qualcosa e nel momento in cui cede, l'altra parte, severa e primitiva, ha il sopravvento. Un'altalena continua, la rappresentazione del moto perpetuo, il fare e disfare ogni giorno!

E, in questa interminabile tecnica, devo anche

nascondere il mio disagio, non mi permetto di mostrare il mio dolore apparentemente per non fare dispiacere agli altri, forse in realtà perché la rabbia che accumulo potrebbe, nella mia fantasia, travolgere il mondo intero.

Quando si incomincia un'analisi, non si sa dove si va, non si sa quando si arriva. Il tempo si misura attraverso le stesse sofferenze che non sembrano mai diminuire e perciò non sembra neanche che il tempo passi.

Mi trascino senza convinzione agli appunta-
menti.

Non m'importa neanche di sapere che potrei
guarire o morire nel frattempo. La sola cosa che
conta è essere certa che ci sia qualcosa che potrò
mangiare tra un momento per poter vomitare tutta l'angoscia che questa situazione mi procura. La
mia espiazione continua. Mi punisco forse di essere sopravvissuta a mio padre e di avere, da qualche parte, dei desideri di cui devo cancellare ogni
traccia? Oppure mi sento in colpa di non averlo
saputo tenere in vita? Comunque continuo a non
lasciare spazio a nessuna parte di me che vorreb-
be forse venire alla luce.

A volte metto in atto una recita con me stessa
e provo per qualche minuto a mangiare una porzione piccola di cibo. La ragione mi incoraggia.
Non succederà niente, questo cibo non minac-
cerà la mia vita; forse non ingrasserò e quindi
posso mangiare come tutti, almeno una volta. Ma
non faccio in tempo a ingoiare un boccone che il
dispositivo si mette in moto. Investo in questo rituale tutte le energie negative che possono solle-
varmi momentaneamente dall'ansia che mi tra-
volge. Cerco una ragione alla mia incapacità di

controllarmi e, nello stesso tempo, mi chiedo cosa io cerchi di reprimere. Questi pensieri mi fanno impazzire: è la morte di mio padre che non ho mai accettato, il rapporto con mia madre della quale ho dovuto fare a meno, la paura di non essere accettata per quello che sono davvero, la predisposizione acquisita a mettermi da parte per privilegiare tutti all'infuori di me? Oppure, più semplicemente, una frase detta da qualcuno pochi minuti prima che mi ha messo a disagio, o ancora il mio matrimonio, così complesso? Un alibi questo che non è più credibile.

L'impossibilità di focalizzare una causa precisa che spieghi il mio comportamento assurdo mi fa disperare. Lotto con i fantasmi, non riesco a trattenere nulla di buono dalla vita, mi sento impazzire, gli anni che passano sempre uguali mi fanno temere di non uscire più da questa assurda spirale. Mi sento già vecchia malgrado abbia solo trent'anni.

Due anni fa un ginecologo mi aveva comunicato che ero entrata in menopausa. Non ho più mestruazioni da sei anni e forse non torneranno più. Per consolarmi cerco di convincermi che è una grossa seccatura in meno, ma dentro di me incomincia a farsi sentire il disagio di essere una persona diversa, menomata, e invidio le donne della mia età che non hanno paura della loro femminilità.

Io temo la vita al punto di essermi ridotta nello stato in cui sono?

Lo specchio restituisce l'immagine di un viso invecchiato prematuramente, ho l'aria stanca, e lo sono, la pelle è rinsecchita e ho sempre lo strano colorito giallastro che denuncia la mia malattia. Le ghiandole salivari sempre gonfie per il vomito, hanno cambiato la struttura del mio viso e mi sembra possano svelare a chiunque quello a cui mi sottopongo. Il mio corpo è obiettivamente troppo magro, malgrado questo mi rassicuri ancora. La distanza da un peso molto inferiore alla media crea un margine di sicurezza: mi tiene lontana dalla realtà. Mi sdraio e con la mano faccio una leggera pressione sulla pancia in corrispondenza dell'ombelico, sento le ossa della colonna vertebrale. Il mio scheletro mi conforta, sempre che non si spezzi.

Chi può capire la solitudine nella quale si consuma la mia vita, la vergogna e la consapevolezza della follia che si impadronisce di me malgrado lotti ogni giorno perché questo non accada? A chi posso spiegare la mia fatica senza che mi si diano delle risposte ragionevoli, ma fuori della logica del mio comportamento, della mia malattia?

La paura di essere al di fuori di questa condotta distruttiva mi paralizza. Chi potrebbe tendermi una mano per aiutarmi a passare dalla mia condizione attuale a una vita normale senza lasciarmi cadere nel vuoto dell'ignoto? E se riuscissi a farlo questo salto, chi potrebbe restarmi vicino, molto vicino, nei primi momenti della mia nuova condizione? Ma so anche che tutto questo potrebbe accadere in un modo diverso: potrei forse scivolare nella guarigione senza accorgermene, semplicemente accettando un cambiamento graduale, investendo un po' delle mie energie in altre direzioni senza più lasciare che tutto si indirizzi sul mio corpo, sul cibo, negli stessi rituali ossessivi e sterili che da anni mi tolgono qualsiasi profondità di campo.

Sono accecata da questo fare e disfare così ripetitivo, ogni giorno. Sto navigando su una barca che fa acqua e mi ostino a svuotarla con un bicchiere senza neanche pensare, tale è l'abitudine del gesto, di poter riparare la falla. Ho fiducia solo in questo comportamento così automatico e ripetitivo, ma talmente rassicurante, l'unica cosa certa di cui conosco l'esistenza.

Ho bisogno di cullarmi, da sola, ho bisogno veramente di fare e disfare da sola, non posso permettermi di abbandonarmi a nessun aiuto esterno, che peraltro non cerco e non voglio, escludendo forse l'analisi. La mia è una continua masturbazione orale, solitaria, non permetto a nessuno di diventare un interlocutore per la paura dì poter perdere, di essere di nuovo abbandonata e di dover rivivere tutte le perdite e frustrazioni vissute.

So anche che potrebbe non esserci una seconda volta, ma per me è ancora solo teoria. Il lungo e precoce braccio di ferro che ho dovuto fare con il mondo esterno, che da sempre mi ha chiesto solo di non essere responsabilizzato, non mi offre nessuna garanzia di poter vivere in un altro modo. Per ora, di certo ho solo questa meccanica di vita, anomala, perversa ma che mi offre qualcosa di sicuro che posso gestire senza rischiare le incognite. Per non dipendere dagli altri i quali, secondo la mia esperienza di vita, possono abbandonarmi in modo irreversibile, mi sono creata una dipendenza forse ancora più dolorosa che troppe volte mi convinco di poter gestire da sola o interrompere qualora sia troppo pericolosa per la mia sopravvivenza.

Forse sono andata oltre i limiti, ma non posso tornare indietro. Sono orribilmente sola e spaventata. Non ho saputo calcolare il potere che questo comportamento poteva esercitare sulla mia stessa volontà.

Durante gli intervalli tra un attacco di bulimia e un altro, mi sento bene. Il mio comportamento è simile a quello di una persona qualsiasi. Amo il mio lavoro artigianale. È nel mio atelier che passo i momenti più gradevoli della giornata e lì sono molto spesso felice anche se mi sento sempre minacciata da quella parte di me che tutt'a un tratto diventa preda di un comportamento così paradossale che mi obbliga a defilarmi da tutto quello che mi interessa. Allora il cibo diventa un pensiero obnubilante che occupa ogni spazio della mia mente. L'unica cosa che conta in assoluto.

Nel momento in cui mangio e penso a quando inevitabilmente dovrò vomitare, sono pronta a tutto pur di uscire da questa insopportabile condizione. Sono disperata di dovere gettare la mia vita nel fondo di un gabinetto, di essere costretta a vomitare dopo l'ingestione di tanto cibo, tutta la rabbia e la tristezza che mi invade.

Tengo le mani sulla mia pancia che ho riempito di cibo, la cullo come se dentro ci fosse un bambino. Forse cerco di cullare me stessa, e piango. Il mio stomaco è dilatato al punto che non riesco neanche più a respirare, non posso piegarmi per raccogliere una cosa qualsiasi, dovrò fare diversi tentativi prima di riuscire a chinarmi per rimettere.

Solo dopo mezz'ora di sforzi indescrivibili riuscirò a tornare come tre ore fa. Mi sarò pesata nel frattempo, per ritrovare con certezza il peso di sempre. Tornerò a sentire le ossa sporgenti del bacino che tanto mi rassicurano, le sentinelle della mia magrezza, e avrò di nuovo la sensazione di essere stata brava, di avere fatto il mio dovere fino in fondo, di essermi partorita e per questo sarò felice.

Per poche ore.

Non ho più un atomo di grasso e le vene si leggono sotto la pelle, lungo le braccia e persino sulla pancia. La gente pensa che stia morendo di cancro. Mi guardano con curiosità, io sostengo i loro sguardi, sorrido e cerco di smentire il loro pensiero.

Devo ancora proteggermi a tutti i costi dal pericolo che un corpo normale rappresenta. Sarebbe un corpo, quello, che contemplerebbe desideri dai quali dovrei difendermi, visto che non so cosa signifïchi soddisfarli. Così minuta, rimango la bambina che non sono potuta essere perché non faceva comodo a nessuno che lo fossi. Durante questi lunghi e maledetti anni ho ricreato quell'infanzia che l'eccitazione continua intorno a me mi ha impedito di vivere. Non ho avuto lo spazio per essere una bambina.

Naturalmente, in questo modo, sono caduta nella mia stessa trappola. Ho impiegato diciassette anni della mia vita raccontando il falso, convincendomi di poter vivere in un sotterraneo: temo che la mia sia stata solo una logica perversa.

Nei momenti più difficili mi impongo di continuare a vedere tutti. Ho paura di perdere questi contatti e di non trovare più la forza di riprenderli. Le mie amiche sono straordinarie, ho bisogno del loro sostegno e del loro affetto.

Frequento anche persone per le quali non ho più interesse, ma mi convinco che se glielo dimostrassi darei loro un dolore, mentre la verità è che sono io che non posso fare a meno neanche di loro, anche se per ragioni diverse. Mi propongo di aiutare chiunque abbia un problema, sono quindi sempre disponibile per raccogliere ogni tipo di consenso, perché ho bisogno di tutti e di tutto.

Questo è uno dei tratti più sgradevoli delle persone anoressiche, che hanno fondamentalmente una pessima opinione di se stesse anche se lo mascherano in modo perfetto.

Sono paradossalmente molto sicura di me, ma questo succede perché in certi momenti perdo probabilmente il senso della misura, confondo la realtà con la finzione. Non so più dove incominci la parte di me stessa che è sana e dove inizi l'altra.

Cerco di fare una vita normale. Leggo quotidiani e libri di psicanalisi, di cui però non riesco a trattenere nulla. La mia mente è incapace di concentrarsi pienamente. Sono stanca, di una stanchezza che non riesco a descrivere. Capisco perfettamente i concetti di ogni cosa che leggo, ma non sono capace di riferire neanche una sola riga. Attraverso queste letture voglio controllare il mondo che mi circonda, voglio sapere ciò che accade intorno a me, mentre passo la metà della mia vita e più a mangiare e vomitare.

Mi illudo di non essere ammalata, pur non essendo fisicamente e psicologicamente in condizioni di vivere una vita autentica. E mentre leggo mi chiedo come farò a recuperare anni di tempo perso mangiando e vomitando, lavorando, tenendomi a malapena in piedi senza accettare l'aiuto di nessuno. Le poche cose che mi concedo mi sembrano un lusso esagerato. La mia malattia ha anche questa caratteristica, quella di voler fare tutto da soli perché si ha l'impressione così di essere normali e di apparire tali agli altri. È la negazione della realtà. È difficile arrivare a prenderne coscienza, né del resto gli altri possono dubitare di un comportamento che può sembrare tal volta invidiabile. Il compiacimento che ne deriva diventa una trappola dalla quale si esce con estrema difficoltà.

Solo qualche volta riesco con lucidità a capire che tutto quello che intraprendo non ha senso, che non so neanche più cosa significhi fare qualsiasi cosa con serenità e che sono preda di una vita delirante che non mi sta portando da nessuna parte. Ma non posso neanche soffermarmi su questa considerazione più di tanto, perché devo andare avanti a tutti i costi senza perdere una battuta di questa falsa esistenza che mi sono creata. Rimandando all'indomani, da anni, una presa di coscienza che, tra l'altro, mentendo a me stessa, considero troppo spesso facile.

Se cerco di valutarmi dal di fuori, mi vedo come una di quelle cavie nella gabbia che girano su se stesse, impazzite, ripetendo da anni gli stessi percorsi nevrotici per mancanza di spazio, forza e volontà. Fino alla morte.

Più in là forse potrò fermarmi, guardarmi intorno concentrandomi serenamente su una cosa sola, senza la smania di intrecciare mille cose che possano tenere insieme a qualsiasi costo la mia vita spasmodica e inutile. E tutto quello che avrò fatto fino ad allora non avrà più senso. Sto correndo senza nessuna meta. Forse a un tratto mi troverò nella condizione di poter affrontare qualcosa che prima avrei avuto difficoltà ad accettare e che questa volta invece affronterò in modo adulto.

In analisi può accadere di toccare un argomento doloroso al punto tale che Io si lascia cadere per diversi mesi o anni, fino a quando diventa possibile affrontarlo senza soffrire troppo. Mille volte succede di essere fermamente convinti di aver assimilato un concetto, ma è quasi sempre un'illusione. Un'altalena continua quindi, in cui si prendono e si abbandonano, senza saperlo, alcuni frammenti benefici che si ricollegano ad altri, per formare un insieme che permette lentamente di risalire la china. Per settimane, anni, questo sistema che si chiama analisi diventa un modo di vivere.

Ho ricreato con l'analista la mia vita passata in tutte le sue sfumature. Lei è diventata di volta in volta tutte le figure che hanno determinato la mia formazione, avendo però stabilito tacitamente che alla fine di questo viaggio a ritroso ci saremmo separate per sempre. In questo modo si è riprodotta anche la separazione dalla coppia genitoriale che non ho mai potuto elaborare. Questo rapporto così intenso, così stretto, si dovrà concludere quando sarà venuto il momento, vale a dire quando sarò capace di camminare davvero con le mie gambe, senza più il falso supporto dei sintomi, dei compromessi oppure della terapia stessa. Ed è quello il momento che temo d' più, probabilmente perché non riesco ancora ad immaginare di essere capace di affrontare la separazione in modo adulto. Mi chiedo spesso se evito di collaborare fino in fondo proprio per ritardare il momento in cui lei mi annuncerà inevitabilmente che tra qualche mese la terapia analitica si interromperà per sempre.

Non riesco a sentirmi una persona, ma solo la malattia nella quale mi identifico. Non ho esperienza di vita in cui io sia stata autonoma, libera dalla paura, dalle dipendenze – e credo spesso che l'unico terreno in cui sono capace di muovermi sia la sofferenza.

Da molto tempo questa terapia è il mio unico punto di riferimento.

Sono qui di nuovo, raggomitolata tra la vasca da bagno e il bidet, in attesa di trovare la forza di vomitare. È una sfida che si ripete tutti i giorni, anche due, tre volte, da diciotto anni. Il cuore batte forte, la mia testa sembra scoppiare, devo lavarmi in modo perfetto dopo aver rimesso e uscire di casa fingendo di stare bene, e in un certo senso, essendomi liberata del cibo minaccioso, mi sento un'altra. Fino a quando?

Sono sfibrata da questo gioco al quale ora so di non poter porre fine da sola.

Non appartengo a una vita normale e questo mi dà la misura della gravità della mia malattia, del tempo che passa senza che succeda niente di diverso. Sono sempre più debole malgrado cerchi di non pensarci e di dimostrare che sono in una forma fisica perfetta.

Solamente in analisi descrivo, e non ne sono neanche certa, la mia reale condizione.

Per ora sono ancora la malattia.

Cos'altro si potrebbe essere, diversamente? In cosa riconoscersi quando per tanti anni si è stati la preda fatale di una serie di dipendenze che tutti i giorni per ore e ore fanno pensare solo al cibo, a vivere per assumerlo e, perché non ne restino tracce, a rimetterlo? Di cosa si potrebbe riempire un'altra vita laddove tutte queste energie, sicuramente convogliate in modo perverso, venissero a mancare?

Come arrivare a capire che esiste davvero un'altra possibilità di vivere, che ci sono altri modi di sfogare l'angoscia, che sicuramente si continua a provare anche una volta liberati dall'anoressia, ma che affrontati diversamente saranno meno distruttivi?

Può una persona che da anni si affanna a riempire ogni vuoto con lo stesso ostinato comportamento, immaginare che ci sia anche la possibilità di stare sdraiati sul letto e leggere semplicemente un libro, senza l'assillo del cibo? O studiare, pensare, sognare, fare lavori manuali. Oppure che si possa fare una passeggiata, per il piacere di farla, o addirittura fare l'amore?

È la serie lunga di condizionamenti perversi che bisogna distruggere, la parte più difficile del ritorno alla normalità.

Non ho esperienza di una vita senza dipendenze e quindi la sofferenza è l'unico terreno sul quale riesco a rapportarmi. Non esprimo questa paura in analisi per non dover ascoltare interpretazioni o rassicurazioni in un momento in cui non ho ancora la capacità di immaginare una esistenza autonoma.

Non ho ancora la possibilità di affidarmi completamente a qualcuno, per una profonda mancanza di fiducia che sopravvive a tutto. Ancora oggi non smetto di stupirmi quando, avendo suonato il campanello, la porta dell'analista si apre veramente, ho tutt'ora paura di essere dimenticata fuori.

Questa continua insicurezza è sfibrante. Sono stanca di difendermi da tutto. Vorrei potermi abbandonare a cose piccole e grandi senza questo timore. Penso spesso alla mia gatta a cui da bambina infliggevo il supplizio del bagno, che lei subiva solo per amore ma tenendo sempre una zampina sospesa nell'aria. Mi sembrava che in questo modo volesse tenersi una possibilità di fuggire in caso di pericolo. Mi identifico spesso in lei nei momenti in cui vorrei avere il coraggio di abbandonarmi e qualcosa me lo impedisce. Sono un gatto minacciato che dovrà guardarsi sempre alle spalle. Una persona dimezzata che si perde in un gioco di specchi che mi confonde e soffoca.

Sono andata alla ricerca di uno stile di vita, che mi avrebbe protetta dall'essere una donna normale, un termine di cui non conosco il significato perché ne ho accuratamente insabbiato il ricordo, se mai l'ho avuto. La consapevolezza del mio comportamento e di tutto quello che ho fatto per proteggermi dall'ambiente mi dà la sensazione di essere pazza. Più razionalizzo tutto più sono spaventata e convinta di non potere cambiare, di rimanere quindi in questa condizione a cui solo qualcun'altro, e non io, potrebbe mettere fine. Ma non sono convinta neanche di questo.

Altre volte, viceversa, sono consapevole di essere la sola a potere modificare drasticamente il mio modo di relazionarmi con me stessa e con gli altri, investendo seriamente e costruttivamente le energie che metto invece nella mia distruzione.

È un gioco al massacro con me stessa. Qualcosa dentro mi spinge a rappresentare quotidianamente esperienze vissute tanto tempo fa, non elaborate, e non so esattamente quali siano. Forse commetto l'errore di cercarlo in ogni momento da sola, logorandomi in tutti i sensi. Mangiando e vomitando, faccio e disfaccio una scena dolorosa di cui ho cancellato qualsiasi ricordo. Ma è proprio questo che mi crea un'angoscia senza fine, che non riesco a razionalizzare e di cui devo liberarmi vomitando.

Sono proiettata nel passato, alla ricerca di qualcosa di perduto e mai sostituito che ha bloccato la mia crescita. Di sicuro non sono mai riuscita a elaborare la perdita di mio padre, ma prima ancora, il distacco da mia madre. Mia madre che ancora cerco.

Salgo le scale della casa dove abita e regredisco immediatamente, torno ad avere dieci o quindici anni. Entro, non certo per vederla, perché non posso ammettere né a me né, tanto meno, a lei, che è quello che cerco. Quindi, ogni volta, devo trovare un pretesto per tornare a casa sua. La guardo senza vederla, le parlo senza che ci sia una reale conversazione. Il pretesto che ho usato per incontrarla – ritirare un oggetto, salutare un ospite – svanisce. Non sono lì, sono già altrove.

Quasi sempre, quando me ne vado, cerco di ricordarmi in che modo fosse vestita o cosa sia accaduto durante l'incontro e non ne ho nessun ricordo. Sono soffocata dalla tensione, so di essermi comportata come se fossi stata un'altra persona, incapace di essere me stessa e neanche quella che vorrei essere.

Tutto questo accade perché con lei devo controllare ogni mio sentimento, mentre ho il desiderio sconvolgente di chiedere il suo affetto. Tutt'a un tratto scappo via, devo salutarla costringendomi a pensare ad altro perché ho paura di tradire la mia emozione, i miei bisogni, e sono paralizzata. Mi comporto esattamente come non vorrei, e mi consumo nel rimorso di non essere capace di spezzare quel comportamento per me distruttivo e forse, chissà, doloroso per lei.

Forse dietro quell'apparente freddezza che definisce i nostri incontri è sepolta, da qualche parte, una possibilità di entrare in contatto – io e lei – ora che abbiamo messo tacitamente tanto spazio tra noi.

Paradossalmente, facciamo di tutto per ingigantire i motivi di attrito che ci separano piuttosto che trovare le modalità che potrebbero allentare le reciproche difese che abbiamo costruito. Lei non può mettersi in discussione, io non riesco a perdonarla né a perdonarmi di essere tanto dipendente da lei, non essendo più la bambina che sono stata anche se per così poco tempo.

Vorrei, invece, che lei ammettesse di non essere stata capace di concentrarsi su di me quando avevo bisogno di lei. Era totalmente assorbita dalle sue preoccupazioni di tipo estetico e sentimentale; ho guardato durante tutta la mia infanzia questa donna così occupata dall'organizzazione della propria vita che contemplava innanzi tutto il soddisfacimento dei propri bisogni. Probabilmente la sua ansia le serviva, era lì per tenere lontana la sua depressione di fondo. Aveva obiettivamente poche possibilità di dedicare il proprio tempo ai figli, ai quali ha solo riservato tutti i privilegi materiali di cui poteva disporre – e, da quel punto di vista, mamma ha sempre fatto il possibile perché la sua assenza fosse a modo suo compensata.

La ricordo quasi sempre nella sua camera. Sul cassettone sono schierati creme e cosmetici di ogni tipo che lei alterna accuratamente, seduta di fronte allo specchio oppure distesa sul letto, adagiata sui cuscini candidi. Accanto a lei un cestino rivestito di piqué dal quale estrae altri prodotti che servono per mantenere la sua pelle nella migliore condizione. I suoi piedi e le sue mani sono sempre curatissimi, grazie alle continue attenzioni che dedica al suo corpo. Nella stanza da bagno, tra profumi, creme e bagni di schiuma, mamma compie i suoi rituali quotidiani. Per nessuna ragione oserei interromperla.

La maschera argillosa che ricopre il suo viso mi fa impressione, aspetto di rivedere i suoi lineamenti. Sono certa, purtroppo, che dopo poco uscirà a cena. Non riesco a immaginare di poter avere la stessa cura per il mio corpo: ho ridotto infatti qualsiasi cura della mia persona al minimo indispensabile.

Mamma entra nella mia stanza. È elegante, profumata e, al solito, sorridente. Si china per abbracciarmi, ma sfiora appena la mia guancia con la sua. Ha il rossetto, la sua pettinatura potrebbe essere compromessa. Vorrei aspettare il suo ritorno, certe volte trattenere almeno la pelliccia che l'avvolge. Qualche volta lei lo intuisce e la lascia sul mio letto come un pegno.

Sono talmente abituata a vederla uscire che mi preoccupa saperla sola in camera sua, quelle rare volte in cui questo accade; la immagino infatti triste e sperduta.

Le telefonate si intrecciano, i suoi amici che la cercano, le loro gelosie, infine i suoi sotterfugi con la complicità della cameriera e spesso la mia, perché i suoi uomini non scoprano la presenza di altri. Capita spesso che alcuni vengano a prendere mia madre a casa. Nell'attesa che lei sia pronta per uscire, è mio compito intrattenerli. Mentre si complimentano della mia crescita spesso cercano di baciarmi sulla bocca. Ormai ho trovato il modo di difendermi nella maniera più garbata possibile.

Gli uomini, per i miei dodici anni, sono tutti maniaci sessuali, a meno che non siano molto giovani! Ho già sperimentato alla mia età quale sia lo scopo degli uomini e sono prevenuta nei loro confronti. Nella realtà è probabile che io abbia cercato in ognuno degli uomini di mia madre un possibile padre, che sia quindi stata eccessivamente seduttiva seguendo il modello di mia madre, ma ciò non toglie che queste persone fossero ignobili.

La mamma seguitava la sua relazione con mio zio. Ero felice quando veniva a Roma, dormiva a casa nostra, non dimenticavo mai che fosse lui l'uomo fisso di mamma. Aveva un modo particolare di dimostrarmi il suo affetto, forse poco espansivo. Non sono stata mai abbracciata da lui come avrei desiderato. Mi ha voluto bene e l'ho sentito. È stato l'unico uomo che ha dormito sempre ufficialmente con mia madre quando era a Roma e non ricordo di essere mai stata stupita di trovarlo nel suo letto, al loro risveglio, già prima del loro matrimonio.

Ho sempre capito invece quale tipo di rapporto avesse mia madre con i suoi amici, sebbene lei cercasse accuratamente di nasconderlo. In particolare, accadeva che un suo amico che abitava a Milano venisse spesso a casa. Mentre la sera dormiva in albergo, il pomeriggio andava a dormire nella camera degli ospiti il cui balcone comunicava con quello di mia madre. Avvertivo subito ciò che avveniva.

In casa c'era uno stato di tensione continua, quasi un'eccitazione. Non ho mai avuto bisogno di ascoltarla, di guardarla o di starle vicino per sapere quale fosse la situazione del momento.

Sono diventata disonesta come tutte le persone che, per la paura di perdere il consenso degli altri, di tutti quelli che possono farli sentire meno soli, finiscono per non dire ciò che pensano.

Una sorda ribellione che non riesco a esprimere ha preso il sopravvento dentro di me. Sogno a occhi aperti di trovarmi in mezzo a un deserto dove poter urlare la rabbia che da anni reprimo e rivolgo contro me stessa!

Imparerò mai a difendermi da quelle che so essere violenze nei miei confronti, o continuerò a propormi come una persona che capisce i limiti degli altri nascondendomi dietro questo atteggiamento così tollerante che mi protegge dal prendere in considerazione me stessa e il mio diritto di vivere?

Ho trasferito le mie ansie sul cibo, sulle dimensioni del mio corpo: il suo peso e la sua circonferenza. Sono vittima di una tossicodipendenza da cibo, che distrugge la mia salute; sono torturata da bruciori all'esofago, per tutto quel vomitare, nessuna medicina mi può dare sollievo perché ogni giorno transita nel punto più doloroso un acido potentissimo che ulcera sempre più il mio apparato digerente. È lo stesso che disintegra gli alimenti! Non digerisco niente, ormai da anni, solo un po' di latte che però ingurgito sempre troppo caldo. Il mio colorito è sempre più giallo, gli occhi sono cerchiati e arrossati, la pelle è disidratata e tesa. Per lunghi periodi due piccoli tali agli angoli della bocca non riescono a cicatrizzarli perché vomito in continuazione.

La mano destra ha una ferita procurata dai denti che penetrano sempre nello stesso punto, in corrispondenza del dito indice. Porto questi segni su di me come le stigmate di questa sofferenza.

L'alternativa a questa follia infinita sarebbe trasferire su qualcosa di meno distruttivo l'ansia che mi attanaglia.

Luca cresce, la sua evoluzione continua si contrappone con quella che mi sembra essere la mia involuzione interna. È un bambino allegro, facile e particolarmente bello. Sono riuscita a dargli tutta la mia parte sana, e le sue fondamenta, come quelle di una casa, credo siano solide. È certo che lui sente quanta fatica mi costi vivere, come sa che il rapporto tra i suoi genitori non funziona. Come molti bambini nella sua posizione, cerca di far leva sull'affetto reciproco del papà e della mamma al fine di tenerli uniti dev'essere infinitamente faticoso per lui.

Mi sento in colpa di non essere capace di dargli n'immagine diversa di me stessa, temo che lui, da qualche parte, soffra senza poterlo esprimere vedevo sua madre così magra e in ansia. Ma si può spiegare a un bambino di sette anni cosa sia la bulimia o 'anoressia? Sono molti gli adulti che non lo capiscono.

Di sicuro vede che io non mangio affatto oppure che mangio ininterrottamente e che, comunque, sono eccessivamente sofferente. È certo anche che avrà notato gli sguardi ansiosi degli altri e non ultima la mia iperattività e la mia stanchezza. Infatti, non mi o tregua in nessun modo. Sono continuamente in movimento per portare a compimento, in maniera ossessiva, tutto quello che, secondo la mia logica, è mio dovere fare. Ogni giornata sembra essere la rappresentazione di tutta la mia vita, dove ho dovuto essere ineccepibile, aderendo all'immagine che ho dovuto sempre dare di me per essere accettata dall'ambiente.

Questo non mi lascia naturalmente la possibilità di concedermi niente di piacevole. La mia è una vita di espiazione e doveri. Qualche volta sento il desiderio di gettare la spugna, di sedermi e guardarmi intorno aspettando di essere percepita per quella che sono, bisognosa e Fragile, esattamente diversa da come mi sforzo di sembrare.

Vorrei riuscire a vivere senza tutti gli alibi che mi sono creata per non prendermi in considerazione; per negare a tutti i costi la depressione sempre in agguato per la perdita di un papa idealizzato, che non ho potuto sostituire né con una madre troppe volte assente, né con un altro uomo.

Fuori di qui si sta consumando un'altra giornata, alla quale non partecipo e alla quale non posso dare il mio apporto. Ma devo reggere il gioco, devo proteggere tutto quello che ho costruito per difendermi dal mondo esterno, non posso ammettere che soffro e non vedo vie d'uscita.

Sono costretta, per ore, in questo bagno di cui conosco ogni particolare, dove passo un terzo della giornata, per portare a compimento i miei rituali massacranti, e tra poco dovrò uscire con il cuore in gola, barcollando, e apparire sulla scena tentando di nascondere il mio dramma che, in verità, tutti conoscono, ma che per pudore fingono di non vedere. Devo sfidare gli sguardi di tutti e sostenere la mia parte, il mio stile di vita. Sono sfibrata da questo gioco al quale so di non poter mettere fine da sola.

La mia vita è ormai appesa a un filo, anche se cerco di comportarmi in modo normale, lavorando con ostinazione, incontrando le persone che amo, sorridendo spesso, anche in modo spontaneo.

Sono in analisi, descrivo i miei pensieri, tutto quello che osservo intorno a me, occultando tuttavia la vera portata della mia sofferenza di cui mi sento in fondo colpevole. Infatti, anche in questa terapia, che io ho scelto di fare in modo autonomo e che rappresenta l'unica occasione di essere me stessa, accanto all'unica persona al mondo che non è qui per guidarmi ma solo per ascoltare rigorosamente quello che ho da dire e persino i silenzi che tuttavia sono più eloquenti di qualsiasi parola, non sono sincera fino in fondo.

Investo qui tutte le mie energie per venire a capo dei miei comportamenti, ma ho fondamentalmente paura di non essere accettata per quella che sono. Mi propongo a tutti i costi come una paziente modello. Per nessuna ragione in sei anni sono arrivata in ritardo all'appuntamento, sono sempre sorridente quando entro, anche quando mi tengo a malapena sulle gambe, e questo accade il più delle volte. Non uso fino in fondo questa opportunità per esprimere quello che mai sono riuscita a dire. Non contesto nessuna interpretazione che sul momento non condivido, difficilmente mi lascio andare ad emozioni, lo evito anche mordendomi il labbro fino a farlo sanguinare. Sono costretta anche qui a controllarmi per non lasciarmi andare. Immagino che, se questo accadesse, non riuscirei più a fermarmi, piangerei forse tutta la vita.

E così, uscendo dalla stanza di analisi rivolgo ancora contro me stessa la rabbia e la disperazione ch non lascio uscire. Esprimo la mia aggressività scagliando nel mio corpo del cibo di cui non sento neanche il sapore, come dei proiettili che non posso spa rare contro gli altri. Per questa ragione vomito spesso, mangiando prima sulla strada che mi riporta casa, fermandomi qua e là a comprare del cibo qualunque, furtivamente, come una ladra, tremando al l'idea di farmi sorprendere... Vomitando mi libero anche delle parole dell'analista che non sono riuscita a tollerare per il dolore che mi procurano. O almeno così mi illudo, perché in seguito spesso mi rendo conto che, malgrado tutto, qualcosa si è insinuato l stesso dentro di me.

E mi sento anche atrocemente colpevole di no avere la forza di utilizzare fino in fondo questa terapia che desidero parallelamente con tutte le mie forze. Il mio comportamento è paradossale e questo mi avvilisce. Mi chiedo se io stia facendo davvero quest'analisi oppure se io cerchi ancora una volta di dare un'immagine di me che aderisca il più possibile a quello che gli altri vogliono che io sia: una persona ragionevole e coerente che soddisfa una logica che però appartiene agli altri. In altri termini, anticipo ancora le richieste dell'ambiente che mi circonda.

Dimostro di essere una brava bambina che fa il suo dovere, vado a curarmi! Metto a tacere tutte quelle persone che vogliono vedermi guarita da un problema fisico, l'unico aspetto questo che li preoccupa.

È forse anche la parte sana di me che porta quella ammalata in terapia. Una volta uscita dalla stanza di analisi, la parte sana, tranquillizzata dall'aver fatto il suo dovere, lascia lo spazio a quella malata, il cui unico vero desiderio è quello di sfogare nel modo più collaudato l'ansia soffocante che l'attanaglia. Così vado avanti senza che apparentemente succeda nulla. Se accadesse qualche cosa ne sarei oggi terrorizzata: non conosco un altro modo di vivere.

È di nuovo Natale e, immancabilmente, faccio il triste bilancio di questi anni, mi sento sempre più mutilata, diversa. Partecipo ai preparativi di queste feste con enorme fatica, per celebrare una nascita che per me non avviene mai. Questo mi mette nella condizione di dover fingere ancora di più di esser normale, pagando tutto in termini di una bulimia ancora più feroce che mi costringe in seguito a massacranti attacchi di vomito e digiuni. Prometto a m stessa che per nessuna ragione l'anno dopo mi troverò nelle stesse condizioni. Ma non ci credo più. È così da quasi vent'anni.

Vorrei evitare che gli altri, domani, mi facessero sentire in colpa. Oggi ho risposto male a qualcuno, domani me lo faranno pesare come se non mi sentissi già abbastanza in colpa di tutto. Perciò, pur avendo di sicuro tutte le ragioni di essere esasperata, cerco già di riparare, giustificandomi, spiegando che sono ammalata oppure, più raramente, aggredendo tutti ancora di più.

La mia storia è un susseguirsi di riparazioni, di sensi di colpa. Qualcuno può spiegarmi quale incredibile danno io abbia arrecato e a chi? Di quale colpa io mi sia macchiata e fino a quando dovrò essere a bambina compiacente e gratificante per gli altri?

Ho cinque anni e dormo nel mio letto. È un letto che mio padre ha comprato in un convento, in legno pesante e con due sponde alte, dipinte di grigi perla.

Credo di avere fatto un sogno, ma non ne sono certa al punto che, pur essendo terrorizzata, rimango immobile nel letto nella speranza che qualcuno entri nella mia stanza e mandi via quell'uomo dallo strane sorriso e che assomiglia a un marinaio che conosco bene. Ho la certezza che sia nella mia camera e che miei genitori lo sappiano, è proprio questo che m spaventa.

Questo sogno non l'ho mai dimenticato, ma no l'ho raccontato a nessuno, né allora né mai.

È passato un mese da quando ho lasciato questa stanza per la pausa estiva, la ritrovo uguale e questo i stupisce ogni volta. Ecco un luogo che non posso controllare e che ritrovo lo stesso intatto. Forse allora esistono persone e cose che potrei perdere di vista senza perderle veramente, ma è ancora troppo presto per esserne certa.

In questi giorni ho mangiato e vomitato ancora più freneticamente del solito. Ho dovuto inebriarmi con il cibo per non sentire il vuoto che l'assenza dell'analisi mi creava. Se la mia vita è inutile perché sono ammalata, senza la terapia lo è ancora di più.

Ora l'ho ritrovata questa donna di cui non so niente ma che tiene in mano tutta la mia vita. Tutti i frammenti del mio dolore neanche espresso del tutto e non attraverso il mio corpo consumato. La testa è la mia, il mio corpo ne è la rappresentazione, ma pur sempre un'appendice. Da qualche parte so che devo ricucire la mia testa al mio corpo. Lei sa come questo potrà avvenire, lei è la prova che è possibile. Se non potessi guarire, infatti, non sarebbe qui ad aspettarmi, malgrado io stia apparentemente peggiorando. Se una parte di me tenta di resistere, dimagrendo ancora, l'altra viene qui ormai da sei anni.

Non sono ancora in grado di mettere tutto in discussione, cerco di mettere in salvo alcune parti di me che credo mi possano tutelare da ciò che invece potrebbe disarmarmi completamente. Cosa diventerei, cosa succederebbe se abbandonassi tutta me stessa?

Voglio salvare il mio matrimonio, cerco ancora di convincermi che il rapporto con l'uomo insieme al quale vivo non funziona perché io sto male. Non sono ancora pronta a capire che anche quella scelta stata fatta quando ero già ammalata. Una scelta inadeguata per tutti e due. Non posso fare l'amore per ché non ne ho voglia, perché sono distrutta dalla fatica che il mangiare e vomitare tutto il giorno mi procura e perché sono una bambina di ventisette chili di peso. Lui mi ama teneramente, mi desidera mal grado il mio aspetto, io gli voglio bene ma lo rifiuto perché questo fa parte dell'anoressia. Sento, da par te sua, una complicità inconscia. So che preferirebbe vedermi morta piuttosto che guarita, visto che questo rapporto è nato proprio perché non ero adulta.

Sicuramente una parte di lui sa che il nostro rapporto si basa sulla patologia di entrambi. Siamo ma lati tutti e due, ma io sto facendo qualcosa per capi re le ragioni di tutto questo, mentre lui non fa altro che continuare ad aspettare che io torni a esser quella di prima. Spesso gli dico che se mai dovesse guarire non accetterei più i compromessi sui quali si poggia il nostro matrimonio.

Ho accettato di partire con mia madre e Guy, sulla loro barca, convincendomi che questa possa essere per mio figlio la migliore delle soluzioni per le vacanze estive. È un altro falso pretesto per stare vicino a mia madre?

Siamo in otto a dividere uno spazio limitato, il mio primo pensiero, subito, è di organizzarmi per poter mangiare e vomitare senza essere vista. Decido di mangiare quantità enormi di cetrioli, in modo da stare a tavola per tutta la durata dei pasti mangiando ininterrottamente questo cibo poco calorico, mentre gli altri mangiano pietanze diverse. Ne mangio quattro chili al giorno!

Un'ora prima dei pasti, in cucina, sbuccio accuratamente i cetrioli e li taglio minuziosamente fino a riempire due insalatiere colme. Sono consapevole delle occhiate sbalordite dei marinai che assistono a questo rituale ossessivo, probabilmente chiedendosi come io possa ingurgitare tanto cibo.

A tavola sento una finta indifferenza riguardo alla pia modalità di nutrimento e questo mi umilia terribilmente, ma non ho altre possibilità di gestire la mia condizione. Appena finito di mangiare, incomincio ad assaggiare tutto quello che resta e, mentre aiuto a sparecchiare, continuo a ingurgitare ogni sorta di cibo. Il cuore batte forte, incomincia l'angoscia di dovere rimettere senza essere vista o sentita, tanto più che dopo pranzo tutti andranno a riposare e il silenzio sarà totale. Per quaranta giorni, con una sofferenza inaudita, riesco a superare le difficoltà che questo comportamento mi crea soprattutto in una situazione di promiscuità insolita. Nuoto tutti i giorni per ore, visto che non ho con me una bilancia che possa segnalare un eventuale aumento di peso.

Le solite considerazioni sulla mia magrezza non hanno il potere di convincermi che sto dimagrendo ancora, sono sempre certa che si tratti di una tattica escogitata dagli altri per stimolarmi a mangiare.

Sulla via del ritorno, attracchiamo in un porto della Corsica. Decido di andarmi a pesare certa di essere ingrassata. Trovo una farmacia e con molto timore salgo sulla bilancia. Il mio peso è ventisei chili. Sono convinta di avere trovato una bilancia guasta. Cerco un'altra farmacia dove trovo conferma del peso precedente. Risalgo in bicicletta e torno immediatamente a bordo. Per la prima volta sono spaventata. Ho perso altri cinque chili in un mese!

Stiamo tornando verso il porto di Cannes, termine della crociera. La tensione si fa ogni giorno più forte. Mia madre è esasperata dal mio comportamento e, in seguito a una sua osservazione sulla mia malattia, le rispondo con violenza. In pochi secondi si scatena una discussione accesa tra lei e me. Il mio compagno prende le mie difese, mia madre lo attacca ancora più aspramente.

Piango disperatamente, mi sento costretta a subire quella che mi sembra essere l'espressione più grande del disinteresse della mamma, proprio nel momento in cui per la prima volta sono afflitta dalla diminuzione inaspettata del mio peso. Scendo in cabina e preparo le valigie. Sono in uno stato di totale agitazione ora e mi preparo a lasciare la barca sebbene non ci sia la possibilità di attraccare prima di ventiquattro ore di navigazione.

Il mare è molto agitato. Dopo mezz'ora tutto pronto ma prendo coscienza della situazione reale.

Devo per Forza aspettare di arrivare a destinazione. Non posso attaccare mia madre, la quale ha forti difese, né violentarmi più di così.

Questa rabbia si trasforma in forte depressione. Sono stremata, mi sento sola e terribilmente spaventata. Non potrò mai esprimere la rabbia che ho dentro, non riuscirò mai a colpire le persone che ritengo responsabili del mio dolore.

Credo ormai che nessuno sia disposto a farsi colpevolizzare da me, una povera isterica, anoressica. Quindi sono ancora una volta colpevole. È probabile che io sia diventata uno scheletro di ventisei chili per mettere alla prova mia madre, per sensibilizzare una donna che ha posto se stessa e la propria vita davanti a tutto e che non potrà mai, lo capisco ora, mettersi in discussione.

Ho paura. Per la prima volta ho l'esatta percezione di aver perso il controllo di me stessa. Forse è questo il fondo che dovevo toccare, ma intanto sono qui, a circa mille chilometri da quello che è ormai l'unico punto di riferimento che ho: l'analisi.

Sto incominciando a mimetizzare il mio corpo ormai scheletrico, indossando vestiti troppo grandi per depistare, così spero, gli sguardi della gente. Ho sempre mal di testa, mi sembra di sentire meno bene, le mie mani tremano sempre. Voglio tornare a casa ma non oso esprimere questo desiderio per paura di tradire il mio panico. Una visita medica, a Cannes, in cui mi descrivono di nuovo quali danni irreversibili io abbia causato al mio fisico, mi terrorizza.

Qualche giorno dopo, di ritorno a Roma, chiamo subito la mia analista senza attendere l'appuntamento fissato prima delle vacanze. In tanti anni non le avevo mai telefonato. Mi riceve immediatamente. Entro e mi sdraio sul lettino che, miracolosamente mi sembra, è ancora lì. Anche se non l'ho vista bene, lei i sembra ammalata. È avvolta nello scialle di lana che porta spesso d'inverno e siamo a fine agosto.

Parlo lentamente, mi sembra di avere la lingua paralizzata dalla debolezza. Le racconto, come per rassicurare entrambe, che sono dimagrita molto ma che l'unica cosa che mi infastidisce in fondo è una strana sensazione agli occhi che mi sembra di non potei chiudere facilmente. Parlo ancora senza denunciare la paura che provo e cerco solo di estrarre un po' di linfa da questo rapporto per riprendere fiato. Tra dieci giorni le sedute riprenderanno con il solito ritmo, ora sono stanca.

La seduta è già finita, ci siamo alzate tutte e due Mi ha dato la mano e trattenendola insolitamente nella sua, mi dice con il tono più normale del mondo di mettermi in condizioni di tornare lì con le mie gambe perché, come so bene, lei non potrà venirmi trovare in ospedale.

Non so descrivere l'effetto sconvolgente che queste parole scatenano dentro di me. Ne sono colpita, annichilita.

Non rispondo ed esco. Il portone si richiude con fragore tale che stento a rimanere in piedi. Non h capito ancora fino in fondo il senso di quelle parole ma so che sono parole gravi.

Forse ho intuito che la sfida è stata raccolta in modo esplicito. Devo reagire se voglio tornare a ritrovare, lì al secondo piano, tutti i frammenti della mia vita. Per ricostruire la mia persona.

Non ho molto tempo a disposizione.

Non so neanche come sia potuto accadere, ma so che piano piano ho incominciato a mangiare. Un po' i carne, qualche frutto, molto latte e soprattutto si sono attenuate le crisi di bulimia.

La possibilità di mangiare e vomitare è una aggravante fortissima. Si dimentica, infatti, usando queste modalità, la propria capacità di mangiare qualsiasi osa in modo normale, senza vomitare. Lo stomaco diventa un contenitore a sé, non esiste più la percezione di un sistema digestivo completo. di cibo, una volta ingoiato, diventa un veleno di cui ci si deve liberare a tutti i costi.

Ho accettato di trattare il mio corpo con più rispetto, l'ho accudito come un bimbo ammalato – oppure ho trattato tutta me stessa come una bambina fragile, bisognosa di cura, che ho incominciato ad mare.

Ho riacquistato intanto, abbastanza lentamente e senza troppo timore, il peso precedente a quella disastrosa vacanza. E poi ancora molti chili. Per chiunque sia in sovrappeso, è confortante sapere che con a guarigione si potrà dimagrire, mentre per un'anoressica la guarigione comporta lo spettro di un ingrassamento talmente temuto da essersi affamati fio alla morte. Ma se si considera che questo è il risultato di un'immagine distorta del proprio corpo, n aspetto questo che viene continuamente analizzato durante la terapia, l'ingrassamento è accettato prima o poi senza troppe difficoltà.

Fino a un certo punto però, i passi indietro son inevitabili. Un'anoressica che abbia seguito una terapia può accettare più facilmente un nuovo peso ch sia più vicino alla media. Quando si lotta per anni per mantenersi al peso più basso possibile, è improbabile diventare grassi o anche semplicemente i carne.

Spesso le persone che non hanno cercato le cause del proprio comportamento alimentare patologie passano da un estremo a un altro. Raggiunto di nuovo un peso eccessivo, cercano di porre rimedio al lo ro stato continuando a vomitare.

Una volta chiarite le cause della malattia, ciò ch più sorprende è mantenersi magri senza ingrassar e senza vomitare, semplicemente senza accorgersene. Il problema non è più mangiare tutto o non man giare niente. Per circa venti anni la mia vita è stata condizionata dal mio peso e quindi dal cibo.

Tutto questo è stato certamente un pretesto per non affrontare altri aspetti del mio vissuto troppo dolorosi e, quindi, difficili da controllare.

Per molti anni ho creduto di poter dominare l'impulso che si impadroniva di me ogni volta che vedevo del cibo oppure semplicemente pensandoci. Ma l'ansia mi avvolgeva al punto di togliermi il respiro. Dentro di me, immaginavo un buco nero, dal collo a l'inguine, come il fondo di un pozzo buio che andava riempito al più presto. Per questo dovevo mettere dentro del cibo, qualsiasi cosa potesse essere ingurgitata, perché la marea potesse diventare alta. Quando diventava alta dovevo invece arginarla buttando fuori questo mare di cibo che, una volta dentro mio corpo, diventava minaccioso e mi faceva ripiombare nel panico. Così non avevo pace né prima né dopo aver mangiato.

Per la prima volta riesco a piangere la morte di mio padre.

Non so cosa sia successo, ma piango ininterrottamente durante quattro sedute. Lei ha spostato la poltrona sulla quale siede nell'angolo dietro di me. Ora è seduta accanto a me. È al mio capezzale e intravedo fra le mie lacrime i suoi lunghi capelli neri, ora tace ma non importa, è successo qualcosa di grave che giustifica il cambiamento di un setting così rigoroso dove qualsiasi parola, silenzio o movimento, in n'atmosfera così rarefatta, acquista un'importanza primordiale. Ora sono consapevole, dopo tanti anni, i aver perso mio padre per sempre, ma lei è lì vicino a me per sostenermi.

Esco per la strada. Il traffico caotico non può togliermi dal torpore nel quale mi trovo. Sono appena scesa da un campo di battaglia dove la mia fantasia si è scontrata con una verità che da sempre rifiuto. Mi sono travestita da bambina piccola, magra come sono, per essere per sempre la bambina di mio pare. Qualcuno mi ha tolto la possibilità di fantasticare e mi ha costretta a guardare la realtà. Per questo, anche, si è seduta vicino a me affinché, vedendo lei, non potessi continuare a disegnare quello che solo in apparenza rendeva la mia vita meno difficile.

A chi posso parlare di tutto questo? Chi potrebbe ai credere possibile che a distanza di vent'anni io abbia potuto per la prima volta sentire che mio padre veramente non c'è più e che non sono più la bambina di quasi nove anni che viveva un rapporto così eccezionale con il proprio papà? Devo tornare a casa, non posso che aspettare il giorno dopo perché u altro pezzo della diga che ho così faticosamente costruito tremi e crolli ancora un po' con la supervisione di questa donna, di cui non saprò mai niente, s non che ha questo potere e alla quale sono così grata malgrado il dolore che mi reca.

È una madre al capezzale della propria figlia ne giorno della sua nascita. Una figlia che non è voluta nascere prima, ma trent'anni dopo. È così, seduta accanto a me, che vivo la sua presenza. Un parto doloroso per tutte e due, dove una parte di me viene alla luce.

L'analisi può essere terribilmente umiliante. La dipendenza che crea mette il paziente nella stessa condizione del bambino piccolo nei confronti della pro pria madre. Ma è una madre questa che offre solo quattro o cinque ore del suo tempo a settimana, una madre che non si può né toccare né guardare, se non un attimo, nel momento in cui si entra e si esce, e di solito si è così turbati da quegli incontri che non si riesce quasi mai a trattenere i tratti del suo viso. Si può comunicare solo in occasione di quei contatti stabiliti così come lo sono le interruzioni nelle vacanze di Natale, di Pasqua e in quelle estive. Non si può telefonare, si deve aspettare, sempre quell'ora e basta. E spesso tutto quello che si sarebbe voluto dire uscendo da quella stanza il giorno prima, o due ore prima, svanisce. Si entra quasi sempre disarmati, come bambini.

Tuttavia, è proprio grazie a questo rapporto così anomalo ma così intenso, dove tutto ciò che è artefatto viene sfrondato, che si può ricostruire in modo autentico la propria personalità.

Tutta la logica ufficiale riconosciuta nei rapporti esterni all'analisi è messa a soqquadro. Parlare con l'analista con il quale si ricrea di volta in volta ogni rapporto di coppia vissuto in precedenza, restituisce l'opportunità di capire dove e come si è instaurato il difetto di comportamento che ha reso il rapporto con se stessi precario, oppure inadeguato, falsato. Svanisce la paura di non essere accettati per ciò che si è, non si ha più bisogno di giustificarsi. Essere in ritardo, distratti, tristi, spaventati, non avere desideri non è più una colpa come non lo è non essere ancora guariti, non avere voglia di parlare. E l'analista sta lì, ti dà il respiro necessario per la tua crescita, non ti giudica, ti accetta qualsiasi cosa tu dica. E non succede niente se incominci a esistere, non crolla nulla! Le paure così si smorzano, tutto quello che ha inibito tanto tempo Fa il proprio essere si dimostra inconsistente e nasce lo spazio anche per se stessi.

Si mollano lentamente gli ormeggi, ci si può avventurare per la propria strada senza la convinzione di incontrare difficoltà spesso immaginarie, inventate dalla paura di perdersi lungo il percorso. E arrivano anche i passi falsi, le ricadute. L'entusiasmo appena nato crolla, si ricade nel buio della paura. Ma lui, l'analista, è sempre lì, testimone della tua nascita, per ricordarti, solo con la sua presenza, che si può ritentare, provare di nuovo a camminare, come un genitore incoraggia un figlio ai primi passi alternati alle

rime inevitabili cadute. Tutto avviene spesso nel silenzio, un silenzio più eloquente di ogni parola.

Il dialogo tra la madre e il feto in gestazione non è espresso attraverso le parole ma è altrettanto intenso e comprensibile per entrambi.

Ma l'analista, padre e madre, diventa anche il bersaglio della propria rabbia. La dipendenza è spesso avvilente, spesso si pensa senza dirglielo: per avere l'affetto e la sicurezza che non ho trovato, devo venie qui, quasi tutti i giorni, per anni. E tu stai lì, seduto, come se niente fosse, senza rispondere alle mie domande, senza muovere un dito mentre io darei una mano per un tuo gesto di affetto! Eppure ti pago, e molto anche, per avere quello che gli altri hanno senza faticare. Sono costretta a elencarti tutte le mie angosce, le mie paure, le mie debolezze, quelle che, fuori di qui, nascondo così accuratamente! Non so neanche dirti questo apertamente, ma tanto è certo che, attraverso un mio lapsus, mi sarò già tradita. Mi svergino ogni volta per appagare il tuo voyeurismo. Non verrò più, non sprecherò neanche un altri minuto del mio tempo inutilmente. Sto male coma cinque anni fa, non mi hai aiutata neanche un po'. Ti detesto perché sei forte, più forte di tutti, grazie a tuo silenzio che certo a te non costa niente! Oppure usi le tue associazioni da manuale! Ti odio perché ho bisogno di te!

Ma si esce sconfitti, perché dentro di sé già non si vede l'ora di tornare per vedere se il tuo bersaglio è ancora lì, malgrado gli attacchi ricevuti. Ed è lì, l'analista, come sempre incrollabile, per dimostrare che si può anche essere arrabbiati senza distruggere il mondo intero e, soprattutto, il tuo oggetto d'amore, che lui rappresenta. È così che, senza accorgersene, si impara a convivere, passo per passo, con le proprie rabbie e insicurezze, acquistando la sensazione di poter essere accettati dagli altri, o semplicemente di "essere".

All'inizio tutto questo avviene spesso senza che lo si percepisca. Più tardi, in determinate circostanze ci si accorge che si possono affrontare le difficoltà in modo diverso, accettando anche le sconfitte e le depressioni, vivendole con delle modalità di comporta mento diverse. E viene anche la certezza che esistano delle soluzioni, che si trovano in se stessi, finalmente più forti.

Sto cercando di nascere e di crescere: cosa farò di questo rapporto di coppia che non ha mai conosciuto la maturità, l'equilibrio? Non lo so.

Ora però lo sento come un impedimento alla mia crescita, ma ho ancora paura di metterlo in discussione. Penso a mio figlio che perderebbe la sua famiglia. Come posso assumermi la responsabilità di questo, proprio io che rimpiango ancora l'assenza di mio padre: come posso con le mie stesse mani dividere questo rapporto padre-figlio?

Solo più tardi capirò che anche questo è un pretesto per non crescere.

Lei, l'analista, ha proposto di incontrare il mio compagno, insieme al suo analista, con il quale ha iniziato da poco una terapia, a mia insaputa fino a poco fa. Passiamo dunque tre ore insieme, è la prima domenica di primavera. Siamo seduti io e lui di fronte ai rispettivi analisti. Parliamo come se fossimo estranei. Non ci sentiamo. Non troviamo nessun tipo di compromesso, tesi come siamo a difendere le nostre posizioni, le nostre ragioni diverse. Lui non vuole perdere il controllo della mia persona, io non voglio più quel tipo di padre, non voglio rimanere una bambina che cura le depressioni del proprio padre come era successo in passato. Ma non riusciamo a vivere né insieme né separati.

Inaspettatamente lei propone che si faccia di tutto per ripristinare il rapporto. Per un mese ci viene chiesto, quasi imposto, di riunirci a tutti i costi. Mi sento tradita dall'analista, sono tremendamente arrabbiata con lei; lui è sollevato. Ma domattina già non sopporterò più neanche il rumore dei suoi passi. Sono furente con lei, sono esasperata, per la prima volta in tutti questi anni mi sembra di essere caduta in una trappola.

L'indomani, lei approfitta del mio smarrimento e infierisce. Mi chiede, ed è questa la prima domanda che mi fa in tutti questi anni, perché io non voglio ammettere di non essere più innamorata di quest'uomo?

Sento tutte le forze abbandonarmi, sono senza parole. È a me stessa che devo rispondere, lei non è ch un'altra parte di me. Devo affrontare questa nuovi: realtà, subito. Voglio molto bene a quest'uomo che però non amo più. Questa separazione sarà l'inizio di un'altra nascita dolorosa avvenuta nel corso di quest'analisi. Devo assumere la responsabilità della mia vita da sola, e oggi forse ne sono capace.

Da questo momento in poi non possiamo più vivere sotto lo stesso tetto, propongo addirittura di andarmene con il bambino. Lui è addolorato ma anche mi sembra, sollevato. Tutti e due sapevamo in qual che modo come questo fosse inevitabile.

Così, dopo dieci anni, un rapporto difficile e intenso si conclude.

Ho tagliato un altro cordone ombelicale, un matrimonio che era diventato solo un legame, una dipendenza per entrambi. In poche ore, due giorni dopo l'incontro con i nostri analisti, ci separiamo definitivamente e ne siamo tuttavia addolorati. La provocazione dell'analista ha avuto l'effetto cercato. In poche ore mi sento tutt'a un tratto cresciuta, autonoma e consapevole della mia vita – che dovrò affrontare senza aiuti se non quello analitico e senza l'alibi di una malattia che mi aveva permesso di saltare molte tappe della vita adulta.

Mi sento una donna in tutti i sensi, capace di attirare l'attenzione delle persone che non conosco, addirittura degli uomini, verso i quali stabilisco un approccio diverso e presto, infatti, mi innamoro, una volta, poi un'altra, riesco a sentire dopo anni sensazioni dimenticate. Dopo sei anni, sono tornate le mestruazioni.

La terapia continua, sento l'approvazione della mia analista, una cosa simile all'orgoglio materno quando la propria figlia scopre la vita con tutto l'entusiasmo delle prime emozioni dell'adolescenza.

Insieme a una nuova voglia di vivere, riprendo a mangiare con un certo piacere, anche se in modo discontinuo. Il mio rapporto con il cibo resterà anomalo per diverso tempo. Si è creato un distacco da tutte le cose da mangiare che ho desiderato in modo spasmodico per vent'anni di seguito. Vado alla ricerca di cibi che non ho desiderato mangiare durante questi anni, mi sento però completamente liberata dalla dipendenza dal cibo.

Mi sembra accettabile che, avendo investito tutte le mie energie sul cibo, io ora sia attratta da cose diverse, nuove.

Stavo camminando quando mi è sembrato di riconoscere un'amica che non vedevo da cinque anni. Era stata anoressica e le ultime notizie che la riguardavano, un anno prima, dicevano che stava perdendo i denti e i capelli che, peraltro, erano stati molto bel li. Sono stati proprio i capelli ad attirare la mia attenzione. La donna che camminava davanti a me, li aveva neri e lucidi ma era decisamente in sovrappeso. L'ho seguita per qualche metro, per evitare di fa re una gaffe, quando si è girata improvvisamente Era proprio lei.

Ci siamo abbracciate e parlando siamo entrate in un bar. Io ho ordinato un cappuccino, lei un bicchiere di porto. Erano le dieci del mattino. Susanna m spiegava che era guarita, ma che ora seguiva un dieta dimagrante!

Tante energie investite per lunghi anni, per tener a distanza un peso giudicato eccessivo, fustigarsi quindi, pur di mantenere un peso idealizzato, irreale sfiorando la morte per mille ragioni. E di colpo s abdica, scivolando, tornando al punto di partenza quando si era diventati, per ragioni tuttora non chiarite, troppo grassi. Ecco cosa può accadere a un'anoressica ché non ha mediato la sua guarigione, quindi solo apparente, con una psicoterapia. Le cause della malattia non essendo rimosse, si passa da un disturbo comportamentale a un altro!

Per giorni e giorni lo spettro di quest'incontro mi ha fatto riflettere e, se possibile, mi sono applicata ancora di più per consegnare alla mia analista ogni pensiero.

Sono stata senz'altro privilegiata rispetto a tante persone che non vogliono o non possono per ragioni economiche prendere in considerazione una psicoterapia.

Qualche mese dopo essermi separata, era stato concordato il termine dell'analisi.

Avevo raggiunto una mia autonomia, riuscivo a respirare da sola, come certi ammalati ai quali, dopo un lungo periodo, si toglie la bombola dell'ossigeno. Il rapporto con il mio corpo era quasi affettuoso. Non mi dispiaceva scoprirne le forme sebbene, nonostante avessi recuperato venti chili, il mio peso fosse ancora al di sotto della media. Non negavo più la mia femminilità.

Spesso mi capita anche di ricorrere a quello che ormai considero quasi un'abitudine. Di fronte ad alcuni problemi la mia prima reazione è quella di mangiare, un po' questa volta, per poter vomitare. Ma adesso sono capace di guardare oltre, sapendo con certezza che anche questo è superabile. Non sono ancora guarita del tutto, uso quello che è diventato un vizio come una persona che è stata dedita per tanti anni al vino incomincia a riempire il bicchiere mettendoci dentro anche una buona parte di acqua.

Pochi mesi dopo, di sera, ho deciso che avrei smesso per sempre, in quel preciso momento, di vomitare.

Mi rendo conto di essere finalmente una persona intera questa volta, fragile ma capace di rischiare di vivere. Ci sono tante cose che mi importa di salvar fuori da questo bagno, tante cose per cui pianger davvero. Cose a cui dire addio per sempre e altre cui dare il benvenuto.

Non so come sia morto mio padre.

Un incidente di macchina, a ventotto anni. È un termine ambiguo. Un incidente non determina necessariamente la morte. Le prime informazioni, oltre al ritardo in cui le ho ricevute, sono state imprecise o contraddittorie: è morto sul colpo, non ha sofferto. Una vecchia zia si è invece vantata, pochi anni dopo, di avere perfettamente ricomposto il suo corpo dilaniato.

Come era vestito quando è uscito dalla casa di amici che non ho mai conosciuto, avendo preso dei barbiturici per dormire, quali siano state le sue ultime parole, questo non lo saprò mai. In quale modo lo hanno vestito per l'ultima volta, questo papà così perfetto, non ho più avuto il coraggio di chiederlo. Forse avrei avuto ancora un'altra versione.

Ma forse non importa.

Tutti abbiamo una versione personale della nostra storia, una versione per soffrire un po' meno o un po' meno a lungo per ciò che "fa" soffrire.

Credo di incominciare ad avere la mia, e ha un senso nella mia mente.

Diciannove mesi fa è nata Marzia.

Poscritto

Se non mi guardi non esisto

di Fabiola e Marzia De Clercq

Nei cartoni animati si vede molto spesso la scena del gatto che scappa dal cane. La sua corsa è disperata, un cane lo segue, è spaventato.

Il gatto corre, perché ne è capace. Si arrampica sopra un albero, perché ne è capace. Poi, arrivato sul ramo più alto, si è messo in salvo. Resiste, perché ne è capace. La postazione raggiunta è ideale per vedere tutto, controllare tutto e essere finalmente visto da tutti. Il cane, nel frattempo, si è addormentato, battuto. Il gatto, dall'alto, sulle prime si sente leggero, sollevato. Si sente irraggiungibile. La gente intorno continua a vivere, a prendere decisioni. Va al cinema, in bicicletta. Il gatto vede tutto ed è visto da tutti. La gente comincia ad accorrere ai piedi dell'albero. Qualcuno lo guarda, con angoscia o curiosità, altri lo chiamano. Poi ci rinunciano. Il gatto non scende, malgrado i pallidi gesti altrui. È salito senza accorgersene, i movimenti dettati dall'urgenza, la soluzione più pratica, l'albero era lì. Per nessuna ragione sarebbe pronto a scendere per tornare dov'era prima, perdere i tornaconti che la sua posizione verticale gli offre.

La sua è una scelta precisa. Fidarsi e affidarsi è impossibile.

Sono rimaste tra rami e foglie, la paura di sopportare la solitudine, la paura di scendere. Intanto però muore di fame.

Fino a quando l'altro non fa breccia nel muro dell'isolamento.

Talvolta poter dire "anche io", avere un riscontro in una storia lontana, nella parola dell'altro, aiuta a leggere la propria.

Per questo motivo, vent'anni fa, ho deciso di scrivere.

Seduta a un tavolo, lo stesso sul quale per quasi vent'anni costruivo paralumi di ogni genere, ho preso atto di una necessità. Era indispensabile dare un nome a una patologia, nominarla come tale, rompere un silenzio.

Il ventilatore solleva i piccoli fogli di carta a quadretti che finiscono sotto il letto. Devo mettermi in ginocchio per poterli raccogliere, la luce è insufficiente a illuminare tutta la stanza. Mia figlia dorme, ha pochi mesi. Il silenzio, a tratti, disturba i miei pensieri. Intorno a me pareti spoglie, fuori dalla casa pinete, canali scavati nella pietra, il mare. Sotto ai miei occhi una penna e qualche manciata di ricordi.

E forse ho fatto una scoperta. Poter raccontare con una facilità che non conoscevo una storia estremamente dolorosa. La memoria ha reso possibile lasciar scivolare via quello che rimane appeso dentro di me, trovando un luogo disponibile ad accogliere ciò che una volta toglieva spazio alla vita vera e propria. Alle volte non riesco a scrivere.

Dipingo di bianco le travi del soffitto. Ho cominciato, ora devo finire il lavoro. Sono color noce, vale a dire che non solo devo dipingere quaranta metri quadri di soffitto, ma una mano di smalto non basta, ce ne vogliono almeno due o tre.

Il tempo che ho a disposizione per dipingere e scrivere è la notte, la mattina non posso riposare. Marzia si sveglia.

Qualche giorno fa, mentre scrivevo queste nuove pagine, ho ritrovato il primo manoscritto. Pagine ingiallite raccolte in una cartella verde acqua, l'elastico rotto. Il ricordo di un racconto faticoso ma nitido scritto a mano. Un bisogno, un'urgenza quella di scrivere, di trovare le parole, che non mi lasciava altra scelta se non quella di assecondarla.

Il tempo per continuare mancava sempre e, allo stesso tempo, ogni volta che la mia mano l'afferrava, la penna raccontava, quasi fosse lei a decidere per me.

Un mese più tardi era diventato impossibile aggiungere anche solo una parola. La vista della quantità di fogli sparsi sul tavolo bastava a convincermi di non avere più nulla da dire. Qualche notte trovavo la forza di accendere una luce, portavo il manoscritto a letto e tentavo di aggiungere qualcosa, ma non mi riusciva. Mi sentivo un'altra volta combattuta dalle mie stesse resistenze.

È stato così che quasi senza rendermene conto ho abbandonato per mesi quello che non avevo ancora pensato come un libro. Così, alla fine dell'estate, avevo terminato di dipingere, ma non di scrivere.

Rivisitare i meandri di una vita difficile, immergermi in un passato per trovare una voce ai ricordi, ai pensieri, a momenti isolati da ombre, per poi riprenderne le distanze.

Davanti a quelle pagine ero sempre io, sono sempre io, ma non sono qui e non è ora. C'era una volta, ma oggi c'è ancora, solo che in modo diverso.

Il distacco a cui sono arrivata ha dato spazio a me stessa, mi ha permesso di raggiungere una condizione necessaria affinché la vita si possa naturalmente dispiegare, possa divenire.

Si tratta della separatezza, diversa dalla separazione.

Quando si è separati si è altrove, ci si siede un po' più in là. Manca tuttavia un passaggio che ci permetta un reale distacco, mediato da una riflessione e una presa di coscienza che può nascere unicamente da noi, non più fusi e confusi con l'altro. Ciò che è stato può essere sempre rivisitato, semplicemente non fa più parte di noi. È altro da noi. Nel corso della nostra vita ci capita di acquistare degli oggetti in momenti in cui ci sembra giusto possederli. Li si usa, li si indossa, li si vive. Fanno parte della nostra quotidianità, fino a quando decidiamo di non servircene più. Fino a quando li dimentichiamo o cessiamo di attribuirli un senso. E accade spesso di ritrovare in fondo a un armadio testimoni del nostro passato che ci ricordano come eravamo e come siamo ora. Appartengono ancora a noi, non avrebbe senso rinnegarli.

Tornata a Roma avevo deciso di liberarmi di tutto il materiale che avevo e che ingombrava i miei pensieri dalla mattina alla sera.

La prima idea era stata quello di rivolgermi a una tipografia non lontana da dove abitavo.

Lasciai passare le vacanze di Natale, intervallo di tempo in cui avevo preso le distanze da tutto quello che riguardava il mio passato.

Ogni anno mia madre riusciva a rendermi istanti di serena felicità, quando, con gesti che mi erano rimasti negli occhi, decorava l'abete in modi diversi. Con palline di vetro bianche e rosa, per il secondo Natale di Marzia.

Ci girava più volte intorno, la testa chinata con grazia, facendo attenzione a dosare i colori, riempire gli spazi vuoti, facendo in modo che da ogni prospettiva della stanza l'albero risultasse omogeneo ed equilibrato.

Era un lavoro di scenografia che ogni anno si ripeteva, la sua velocità nel cogliere l'armonia e nel trarne immenso sollievo dall'approssimazione quotidiana era un rituale che mi aveva educata a non tradire. Anche durante gli inverni più malinconici vedevo mia madre camminare per casa con vecchie scatole di addobbi. Cascasse il mondo si doveva fare l'albero. La sua casa velocemente si trasformava in un laboratorio. Ogni anno ricomprava tutto il materiale.

Mio zio, ricordo, usciva per due giorni sul terrazzo con una pompa per dipingerlo d'argento.

Si creava una sorta di mistero intorno all'albero di mia madre. Soltanto lei sapeva quale sarebbe stato il frutto di tanta dedizione.

Quando tornai a ritirare il manoscritto la signora che si era occupata della trascrizione al computer mi confessò di avere letto tutto senza riuscire mai a staccarsene. Di nascosto dai suoi colleghi si era portata il lavoro a casa durante le vacanze di Natale. Mi pregò di dirle come andava a finire. Forse ripresi a scrivere per quella segretaria, la mia prima lettrice.

Fui presa allora dall'angoscia di dovere trovare nuove parole atte a narrare quella che per anni era stata la mia vita. Non riuscivo più a scrivere, ero come paralizzata. Così rilessi ciò che avevo steso qualche tempo prima e mi accorsi che quello che dovevo fare era restituirgli una forma.

Con un paio di forbici incominciai a tagliare la carta costruendo dei capitoli, incollando su altri fogli quello che avevo scritto e che non riuscivo più a continuare. È stato così che mi sono accorta che il libro era già scritto.

Terminai l'operazione di ricomposizione di quello che ormai era diventata una storia. Mi accorsi che non volevo più tenere il lavoro tra le pareti del mio appartamento, la sua presenza era insostenibile.

Decisi così di chiamare una casa editrice della quale mi aveva parlato un amico, storico di chiara fama. Senza pensarci troppo composi il numero all'una di pomeriggio, confortata dalla probabile ipotesi di sentire suonare a vuoto per via dell'orario.

Fui quasi sorpresa di udire dall'altro lato dell'apparecchio la voce di una donna. Ricordo che le dissi di avere un manoscritto in cui raccontavo una lunga parte della mia vita segnata dall'anoressia. Desideravo parlare, le dissi, con qualcuno che potesse dirmi se fosse stato interessato da un argomento del genere. La donna mi rispose che era a lei che ne dovevo parlare. C'era uno sciopero generale dei trasporti, tutta l'Italia era ferma. Poche persone erano riuscite a raggiungere gli uffici, una di queste era la direttrice della Sansoni.

Per un puro, incredibile caso era andata così. Aveva risposto al telefono la persona che cercavo, avevo trovato un interlocutore interessato al mio lavoro. Il giorno precedente avevo chiamato la Feltrinelli, ma nessuno aveva risposto.

Vittoria Calvani, direttrice della casa editrice, mi chiese di spedirlo il giorno stesso dalla stazione Termini con posta celere.

Presi una scatola di legno dipinto di rosso in cui avevo messo delle foto, le rovesciai sulla scrivania e al loro posto posi il manoscritto. Legai il pacco con uno spago da cucina. Stavo per liberarmene e questa consapevolezza, mi faceva sentire sollevata. Antonella, la tata di mia figlia, prese il motorino e andò in stazione.

Ora avevo bisogno di staccarmi da Roma, prendere le distanze da questo avvenimento, avvenuto in così poco tempo. Quello che sarebbe successo o meno non m'importava. Nell'attesa decisi di tornare nella mia casa in Toscana, al mare, con la mia bambina. Era maggio, potevo vedere crescere di tutto nel giardino che abbracciava le pareti di roccia della casa e attraversava il canale. La macchia mediterranea restituiva profumi che conoscevo, il mare era a pochi metri, ci separavano un ponte e una pineta.

Campi di girasole e spighe di grano, ginestre, papaveri e cicale. Faceva caldo, i finestrini dell'alfa romeo azzurro chiaro abbassati, De Gregori e Battisti. L'estate che arrivava mi ricordava che c'è un tempo che pretende di essere rispettato, con tutti i suoi battiti.

La mattina seguente mi alzai molto presto e scesi nel viale di fronte a casa con un grande rastrello per togliere gli aghi di pino dalla ghiaia. Ne feci due mucchi. Mi giunse a un certo punto la voce di Antonella, che si era affacciata dalla porta di casa per chiamarmi. Fabiola, la Sansoni. Lasciai cadere il rastrello. Entrai in salotto e risposi al telefono.

Vittoria Calvani mi diceva che il libro sarebbe stato un successo. Dopo la mia breve vacanza mi aspettava a Firenze per firmare il contratto la settimana successiva.

Sempre con mia figlia, ero partita per Firenze dove trovai un'accoglienza molto amichevole.

La prima edizione prevedeva ottocento copie e decidemmo di fare uscire il libro a ottobre. Era tutto molto facile, non mi rendevo conto di quello che stava per succedere nella mia vita, non sapevo cosa significasse seguire l'uscita di un libro. Marzia dormiva tra le mie braccia, avevo appena firmato il contratto quando Vittoria mi chiese se per caso, avessi un titolo in mente. Sorrisi. Non lo avevo. Senza pensare, risposi di getto: "Tutto il pane del mondo". Ora aveva un nome, lo avevo battezzato. Il libro esisteva.

A ottobre venni ricontattata dalla casa editrice. Stavano già preannunciando l'uscita del libro alla stampa. I giornali incominciavano a chiedermi interviste.

Pubblicare un libro è una procedura complicata che presuppone lunghi tempi di attesa, talvolta anni. Ancora non avevo la percezione di quanto fosse incredibile avercela fatta al primo tentativo. La mia priorità, tuttavia, restava occuparmi di mia figlia, seguirla nella sua crescita quotidianamente.

Qualche mese prima, a giugno, ero andata nel Castello di Gargonza, in Toscana. Era quello il luogo che la casa editrice aveva scelto per presentare ai venditori i libri in catalogo che sarebbero usciti in autunno. Era un momento importante, il successo del testo dipendeva da quell'incontro.

Avevo chiesto a un amica d'infanzia di accompagnarmi cosicché si occupasse di Marzia durante la presentazione.

Naturalmente l'autore è più convincente di una casa editrice, ha dato forma alla sua opera, l'ha vista crescere, svilupparsi. La mia era un'autobiografia, era indispensabile che fossi io a presentarla. L'argomento era nuovo, sapevo di dover spiegare una malattia e la sua risoluzione in pochi minuti. Ero in ritardo perché mia figlia aveva la febbre e volevo essere certa che la mia amica potesse fare quello che serviva per intrattenerla affinché Marzia sopportasse la mia assenza per un'ora.

Ero arrivata correndo e avevo trovato tutti seduti. Presi posto sulla poltrona che mi era stata riservata. Mi accorsi che gli altri autori avevano con sé appunti, scalette. Tutto era programmato, tutto era messo in conto, pensato, bilanciato. Io avevo perfino dimenticato la mia borsa nella camera dell'albergo. Non avevo neanche una matita, un foglio bianco da tenere in mano durante il mio discorso. Non ne fui angosciata.

Fu il mio primo incontro con l'improvvisazione, con il libero fluire di quello che avevo da dire.

È nata da quel momento la mia guerra contro i post-it, contro gli appunti scritti. La comodità, tutto quello che ci permette di non pensare, di distrarci dalla nostra pancia perdendo la spontaneità in nome di una presunta credibilità.

Si dovrebbe parlare con la pancia, luogo delle emozioni, di quello che è nostro e che comunque sappiamo. Il continuo divenire di quanto ci appartiene non ha spazio sulla carta.

Mi vengono in mente i camion che trasportano le arance. Spesso sono troppe rispetto alle casse che le contengono, cadono mentre il camion prosegue la sua corsa, rotolano lungo la strada.

Si possono perdere. Così come i pensieri. Sono tanti, insieme alle nostre emozioni, che si corre il pericolo di dimenticare qualcosa ma non l'essenziale. La libertà ci permette di andare oltre, aggiungere, ricordare.

Mi ascoltavano senza fiatare, venti uomini insieme ai vertici della Sansoni, scoprivano l'esistenza di una patologia paradossale e devastante dalla quale ero guarita otto anni prima attraverso una lunga psicoterapia analitica. Mia figlia ne era la prova.

Mi facevano domande, parlavano tra di loro. La sera, a cena nel ristorante del castello, percepivo una grande curiosità da parte di tutti. Gli addetti ai lavori avevano capito che il libro sarebbe stato un successo o qualcosa del genere.

La mia attenzione era presa da mia figlia a tavola con noi e apparentemente guarita. I loro entusiasmi non mi raggiungevano, in altre parole non prendevo troppo seriamente l'evento.

Non sentivo più l'appartenenza del libro che avevo consegnato e che avrebbe fatto il suo percorso attraverso canali e logiche di cui non conoscevo i meccanismi.

Non ho mai riletto *Tutto il pane del mondo*. Per tre motivi, principalmente.

Prima di tutto perché ho sempre provato un certo pudore, segno che certe cose appartenenti al passato sono veramente passate. Sono oggi quella che sono per ciò che ho vissuto. Se ripartissi da ora, naturalmente, mi comporterei in modo diverso. Scriverei le stesse cose in modo diverso.

Forse trascurerei alcuni avvenimenti e persone mettendo l'accento su altro. L'essenza di quello che volevo trasmettere è sempre stato che si può guarire dal mal di vivere. Per questo bisogna chiedere aiuto, fare un percorso di cura cercando un interlocutore attento.

In secondo luogo rileggere quel testo sarebbe difficile per i ricordi così vividi che so aver descritto. Certi gesti, certi movimenti, sono rimasti nella mia memoria come se fossero accaduti poche ore prima.

Infine per il motivo che mi ha portata a scrivere. Concludere con la parola scritta, incancellabile, gli eventi dolorosi che hanno segnato la mia vita, consegnando per sempre la mia storia a chi ne poteva trarre conforto. Una storia che ero certa appartenesse a tanti. Una storia che doveva essere raccontata.

Arrivò poi l'autunno, il 23 ottobre 1990 *Tutto il pane del mondo* sarebbe uscito nelle librerie di tutto il paese. Dovevo andare in televisione, al "Maurizio Costanzo Show". Era la trasmissione più seguita della TV. Mancavano quattro giorni.

Poco prima della registrazione, Costanzo mi chiamò nel suo camerino per assicurarsi che io non dicessi niente di impressionante, di non esagerare trattando argomenti troppo forti, così da non fare scandalo e turbare gli spettatori. Le persone in quel caso, mi diceva, avrebbero cambiato canale.

La comunicazione oggi è cambiata, anche solo rispetto agli anni novanta. Ora se non si parla di stupro a qualunque ora del giorno la gente cambia canale. Probabilmente non ce ne siamo neanche accorti, siamo passati dal tabù più totale allo svelare ogni cosa che possa essere condivisa con le altre persone. Si è arrivati chissà come a richiedere la realtà nuda, evidente in tutti i suoi aspetti, anche quelli superflui e lontani da ciò che ci riguarda.

Fino a qualche anno fa si poteva ancora pensare, si poteva ancora cambiare canale dove si sarebbe trovato altro, si poteva scegliere. Ora siamo in balia del non pensiero il quale, per liberarci la mente, ci ha chiuso in un'immobilità che sbarra gli occhi alla nostra intelligenza.

Ricordo che mi fecero aspettare in piedi dietro alle quinte. Alla chiamata di Costanzo doveva aprirsi una porta finta dalla quale l'invitato entrava sul palcoscenico.

Avevo il cuore in gola. Ero più emozionata dalla presenza dei miei amici seduti in platea che dall'essere in televisione.

Mi sono seduta e sorridendo ho esordito dicendo: "Ho mangiato e vomitato per vent'anni."

Incominciai a parlare di me, della mia sofferenza, di come la gente la viveva.

Nessuno fiatava, neanche Costanzo, il silenzio era talmente profondo che mi vennero i brividi. Me ne stavo lì seduta nell'immobilità dell'aria, sotto le luci dei proiettori.

Non avevo copione, ero sconosciuta a tutti. Avevo tuttavia un'impronta digitale unica, avevo la mia storia, al di là della sofferenza. Le persone che avevo davanti erano altrettante vite, le mie parole erano per loro e il loro ascolto era per me.

Avevo lanciato un sasso che, per quanto piccolo, aveva disegnato dei cerchi nel lago dell'omertà. Ho creato in qualche modo delle pieghe. Non ho scritto questo libro per curarmi, ma per rompere il silenzio. Un silenzio promosso dall'ignoranza.

È atroce come sia possibile che un silenzio omertoso possa installarsi attorno a noi, perfino di fronte a cose gravi. E succede così che noi, rendendoci complici di omissione, vi entriamo a farne parte.

Tutti sanno e nessuno vuole sporcarsi le mani.

Anni fa, a Milano, ho visto uno scarafaggio camminare lungo una mensola della mia cucina. Data l'inutilità di ogni mio tentativo di fermare le sue escursioni, ho incominciato ad attivare tutta una serie di manovre per farlo sparire. Nonostante la mia buona volontà ogni notte tornava. Incominciai così a interrogare tutti per capire come fare. Guardai anche su Internet. Canfora, naftalina, veleni, ma quello tornava sempre.

Reclamai l'intervento dell'amministratore condominiale e andai dal portiere a chiedere se per caso qualcuno avesse lamentato la presenza degli scarafaggi. Mi disse di non sapere nulla. A me sembrava impossibile, contro ogni logica. Se le tubature di ogni appartamento erano comunicanti allora non potevo essere la sola ad avere quel problema.

Chiamai una ditta. Il tecnico arrivò con una muta da Nasa, tutta bianca, con tanto di maschera e un tubo mostruoso di gomma che si portava appresso.

Quando ebbe finito il lavoro lo avvicinai per domandargli come fosse possibile che soltanto io avessi gli scarafaggi in casa. Lui abbassò l'enorme maschera di plexiglass e mi guardò sorridendo. Mi disse che tutti li avevano, anche via Monte Napoleone. Nessuno diceva niente, credendo che fosse una cosa di cui vergognarsi. I preconcetti, sempre quelli.

Anche a mia madre era successo, nella sua casa di Cannes. La sua casa curata come poche altre, tutta bianca, la moquette grigio celeste, profumo di bucato e di acqua di colonia.

Una notte, in estate, entrai nella sua cucina e mi sembrò di entrare in un film di Hitchcock.

Tutti hanno mostri in casa, panni sporchi da nascondere. Il gioco sembra essere quello di tenere le cose sotto al tappeto. Si chiamano le ditte per rinforzare le porte di casa quando è dentro casa che abitano i pericoli.

La gente esce e contrabbanda, ostenta qualcosa che non ha, che non c'è. Un benessere che non c'è. Qualcosa appoggiato sul niente. Segreti di famiglia ben celati grazie all'omertà di tutti. La stessa cosa accade nella casa di fronte, il teatrino della vita sembra essere questo. Spesso con soldi che non ci sono, per gettare fumo negli occhi.

Il punto è che vale più il giudizio di chi è fuori che la pura assunzione della realtà con le sue soluzioni. Si nasconde tutto per sottrarsi al giudizio, prima di proteggersi.

Nessuno si chiede le ragioni. E anche quando si trovano non vengono dette a nessuno.

La mia storia è riuscita a restituire la voce a migliaia di donne, ha battezzato qualcosa sotto gli occhi di tutti. Una malattia grave e invalidante che nasce da dinamiche familiari che questo paese, in particolare, taceva e, purtroppo, ancora tace.

Migliaia di donne hanno sentito che il loro dolore veniva riconosciuto, che aveva un nome, che non era colpa loro, che non erano "sbagliate". Questo ha reso possibile una richiesta di aiuto, entrare in una relazione con l'altro.

Pochi giorni dopo la sua prima uscita, il libro è già esaurito. Parte la seconda edizione.

In sei mesi si succedono cinque edizioni. Le ottocento copie in poco tempo sono vendute, ogni ristampa di mille copie si esaurisce. Diventa un piccolo successo editoriale.

Ricevo una telefonata dalla casa editrice, mi si dice che il libro ha vinto un premio letterario. È stato votato da una giuria romana composta da donne. Giornaliste, scrittrici e da una classe di un liceo romano. Prima e unica volta che, in relazione al mio libro, ho provato una profonda gioia: il premio era per la scrittura e lo scrivere per me non era indirizzato alla forma, bensì al contenuto.

Vinco il premio "Donna Città di Roma". La premiazione avviene una sera all'Auditorium della Rai dove firmo centinaia di copie e ritrovo, purtroppo nelle fretta, persone che non vedevo da vent'anni e più.

Sono ancora in televisione, la prima trasmissione di un nuovo spettacolo di Mino D'Amato.

Vengo a sapere del premio un minuto prima dell'entrata sul set, l'altro invitato in trasmissione è l'inventore delle palline dell'Ikea.

Solo pochi giorni dopo l'uscita di *Tutto il pane del mondo* la stampa e la televisione, prima in punta di piedi poi mano a mano più rumorosi, a comunicare notizie sui disturbi alimentari. Sembrava uno scoop, una scoperta straordinaria, una novità scientifica. Non una malattia esistente da troppo tempo per essere ancora taciuta.

Ogni tanto mi viene in mente il periodo della mia guarigione. Mi capita di pensarci anche senza rifletterci, solo per avvicinarmi a quella sensazione di benessere tanto profondo, di pace, di forte sensibilità per tutto ciò che fa parte del mondo esterno al mio corpo.

Mi sentivo così quando mi rendevo conto di cosa significasse vivere.

Abitavo ogni aspetto della quotidianità, riconoscevo odori, chiudevo gli occhi per sentire meglio i rumori della vita intorno a me, camminavo per strada, ero consapevole di abitare il mio corpo e la vita.

I rumori normali del vivere, le saracinesche all'alba, l'esistenza delle altre persone, i testi di canzoni delle quali non avevo mai ascoltato le parole, il cinema, la lettura dei quotidiani, l'ordinario diventava straordinario. Riuscivo a pensare alle cose che facevo senza farmi catturare dall'ossessione per il cibo, il tempo tornava a essere una dimensione in cui potersi muovere, piuttosto che un'assenza da colmare.

Di mattina andavo a fare colazione da Marcello, un minuscolo bar-latteria aperto negli anni sessanta ai Parioli, nel quale si faceva fatica a entrare. Gli habitués non mancavano quell'appuntamento. Dopo tanti anni non andavo più da Marcello per farmi del male.

I tramezzini migliori di Roma, il cappuccino e il cornetto, come vuole la tradizione del locale.

Ero guarita da qualche anno. Era soprattutto lì che notavo sempre più spesso la presenza di donne visibilmente malate di anoressia e bulimia. Mi chiedevo come mai nessuno denunciasse l'esistenza di una patologia così evidente, ormai sotto gli occhi di tutti.

Durante la mia malattia andavo qualche volta in una piccola libreria nel cuore del quartiere di Trastevere, Armando Armando, in cerca di testi che trattassero l'argomento. Due titoli, sempre gli stessi, *L'Anoressia Mentale* della Palazzoli Selvini, *La Gabbia d'Oro* della Bruch. Entrambi saggi di stampo scientifico, manuali per addetti ai lavori, niente che potesse toccarmi in modo da raggiungere il mio cuore facendomi sentire meno sola.

Sentivo, in sostanza, l'assenza di empatia. Ero in analisi, neanche la mia analista tradiva un'emozione, un'autentica partecipazione alla mia sofferenza. È stato uno dei motivi che mi hanno portata, anni dopo, alla decisione di rompere l'omertà, scrivendo la mia storia.

Fingere di non vedere significa rendersi complice di dinamiche distruttive.

Si rompe l'omertà nel momento in cui la parola torna a occupare uno spazio. L'omertà è di certo una soluzione comoda, chi ignora si crogiola sulla sua isola, si copre gli occhi dando la colpa al sole. L'altro soggetto è quello che si rende catatonico, per paura di non essere all'altezza e di non avere le corazze protettive, nel momento in cui si dovesse scavalcare il muro dell'altro.

Chi non sa cosa fare si immobilizza, ignora e parla di moda, di scarpe e di calcio.

Non ho mai saputo esattamente cosa fare, tuttavia sono sempre stata incapace di girare la testa dall'altra parte, e ho spesso deciso di sporcarmi le mani.

Anni fa, avevo sentito dire da un'amica psicoterapeuta che una ragazza di diciannove anni rischiava la morte per una severa forma di anoressia. Non voleva farsi visitare dal medico.

I genitori, come tanti altri, sembravano impotenti, apparentemente delegittimati di fronte a una malattia grave, benché curabile. Anna pesava 25 kg.

Propongo di incontrare il padre il sabato mattina, rinunciando a una breve viaggio.

Lo faccio entrare nel mio studio, mi siedo e sposto gli oggetti sulla mia scrivania, un rituale apparentemente fine a se stesso, ma che mi permette di rimettere ordine tra una storia e un'altra.

Lui, seduto, ripiegato sulla sedia, non parla. Penso che sia nel suo carattere, un atteggiamento nei confronti della vita. Le prime parole che finalmente riesce ad articolare sembrano provenire dalla stanza accanto, appena sussurrate, timide. Cerco di avviare una conversazione facendogli delle domande sul suo lavoro.

Incomincia a raccontare la stanchezza, le lunghe code nel traffico per andare a lavorare.

Si sofferma sulla radio, poi sulla musica. Mi parla di una canzone, l'unica cosa che sembri suscitare in lui un interesse particolare, il resto gli è indifferente. L'uomo si è lasciato escludere dalla sua famiglia rifugiandosi nella quiete della sua auto.

Gli chiedo se oltre ad ascoltare la musica abbia mai avuto voglia di cantare, di accennare qualche nota mentre ascolta il brano che ama di Aznavour, sempre "La Mamma".

L'uomo mi dice che non ha mai cantato. Gli rispondo che non esistono persone stonate, si tratta di legittimarsi a cantare e basta. Tirare fuori la propria voce, ascoltarla, accedere alle proprie emozioni.

Lui non osa, come non osa parlare con sua figlia.

A fine incontro gli dico di provare a cantare, anche soltanto in macchina, lontano da tutti. Tre giorni dopo torna e mi racconta, gli occhi persi nel vuoto, di aver cantato la sua canzone preferita, di aver pianto mentre sentiva la propria voce. Sentire la sua voce gli ha fatto scoprire che per molti anni si era privato di un piacere. Ha scoperto che si può vivere anche se non ci si sente all'altezza, che ne vale la pena, anche se questo implica un rischio.

Mi confessa poco dopo di aver abbracciato sua figlia dicendole che aveva paura di perderla.

La ragazza dopo pochi giorni riprende a mangiare.

In coincidenza con i bombardamenti mediatici che seguirono la pubblicazione di *Tutto il pane del Mondo* incominciarono a cercarmi centinaia di donne. Mi arrivarono lettere e telefonate da ogni parte del paese. Molte donne venivano direttamente sotto casa mia. Uscivo per la strada e davanti al cancello trovavo persone, anche famiglie intere, che volevano parlarmi senza appuntamento.

Una ragazza era venuta dalla Calabria, accompagnata da entrambi i genitori. Non mi avevano trovata perché ero all'estero. Avevano deciso di aspettarmi per due giorni in albergo. Tutta la famiglia mi aspettava seduta sulle scale del pianerottolo di casa mia.

Le interviste erano sempre più numerose.

Un giorno mi invitarono al telegiornale di Alberto Castagna. Ricordo i corridoi stretti, le luci al neon. Ero seduta su uno sgabello a ridosso della porta di un camerino. Nella stanza accanto Rita Pavone stava facendo delle prove.

Una giovane redattrice mi venne incontro, sapientemente truccata, vestita con una minigonna, gli orecchini colorati. Dovevo aspettare di essere chiamata da Castagna per essere intervistata durante il telegiornale. La giovane redattrice sorrideva mentre, con la cartelletta stretta a sé, mi raccontava di vomitare da sei anni, dopo ogni pasto. Un attimo dopo altre tre colleghe, con grande disinvoltura, mi raccontano delle procedure con cui pensano di controllare il proprio corpo.

Un coro di quattro donne, in pochi metri quadrati, tra operatori di scena e cavi aggrovigliati.

Ero attonita dalla leggerezza con la quale veniva confessato un gesto tanto doloroso, come se si stesse parlando di una seduta in palestra.

Guardavo il Tevere fuori dal finestrino del taxi che mi riportava a casa, quando pensavo a chissà quante donne vomitassero tutti i giorni in Italia. Una specie di segreto di Pulcinella. Peccato che non siamo stati progettati per un atto contro natura, una devastazione, quale il vomito autoindotto. Il nostro corpo non lo prevede, anche se la mente lo impone.

Provavo rabbia soltanto a immaginare che queste malattie invalidanti sarebbero potute rimanere, nell'immaginario collettivo, banali capricci o disturbi dell'appetito. Certamente ridurre una patologia a un disturbo alimentare piuttosto che a una malattia dell'amore e della relazione, non tocca l'assetto famigliare.

Una malattia del corpo facilmente diagnosticabile e curabile con gli standard della medicina riesce a sottostare al controllo di una tabella di marcia. Se la cura non dovesse funzionare rimangono i foglietti illustrativi, i bugiardini. Prendere venti gocce al mattino e venti gocce alla sera. Il perché non importa. L'importante è non destabilizzare finti equilibri strumentali a tutti.

La psicoterapia, un percorso introspettivo, nel nostro paese fa ancora paura. Non abbiamo ancora una cultura che la integri tra le cure importanti e salvifiche.

Tutti conosciamo il mal di testa.

Dietro al dolore tuttavia, c'è un'impronta digitale, unica e irripetibile. Dietro al dolore psicologico, al dolore che non si vede, c'è una persona e una storia unica e irripetibile.

Ho partecipato durante questi vent'anni a decine di convegni di medicina e psicologia dove ho sempre cercato di spiegare la logica di una patologia paradossale. Ho raccontato come nell'ossessione del cibo-corpo-peso non ci sia spazio per la parola. Ho cercato di dire che quest'ossessione copre altro.

Tutto il pane del mondo ha dato la possibilità di dire "anche io". Migliaia di donne si sono potute rispecchiare nella mia storia, nelle mie emozioni, nei miei vissuti, come nelle mie speranze.

Le richieste di aiuto arrivavano così numerose che avevo deciso di ricevere alcune persone in casa mia. Amavo la mia nuova casa, la mia scrivania e quello che mi circondava. Era il luogo dove avevo voluto che nascesse Marzia. Le tre finestre si affacciavano sugli alberi di un quartiere residenziale di Roma. Davanti a ognuna, una palma carica di datteri dove una coppia di merli aveva quasi eletto domicilio. I palazzi di fronte erano case d'epoca pubblicate. Ero fortunata. L'ombra delle foglie e dei rami dei pini romani si appoggiava sulle facciate.

Avevo incominciato a ricevere le lettrici di *Tutto il pane del mondo*, stavo dando un seguito a quello che era stato un atto artigianale, quello della scrittura. Trovando tempo e dando loro uno spazio nella mia vita di madre di un figlio adolescente e una piccola di due anni.

Le donne che ascoltavo si raccontavano senza veli. Come un fiume in piena, le parole nascevano, scorrevano trovando finalmente un ascolto. Qualcuno, dicevano, in grado di capire senza giudicare, di dare un nome e una profondità a sintomi devastanti.

Dopo qualche mese decisi di cercare una sede diversa da casa mia. Avevo trovato rapidamente un appartamento in un quartiere poco conosciuto di Roma, un'isola dentro la città, vicino alla piramide.

In una vecchia casa di due piani due stanze grandi, una delle quali si affacciava su un giardino circondato da un muro di mattoni. Una gatta aveva deciso di dare alla luce i suoi piccoli in un cespuglio. Gatti randagi, piante che crescevano nei vasi come nei paesini di campagna, il sole a ogni ora.

Arredavo la nuova sede con scrivanie anni quaranta e mobili rimediati che avevo comprato in un capannone alle foci del Tevere. Avevo caricato tutto sul tetto della mia piccola macchina facendo diversi viaggi. Nei ritagli di tempo, spesso la notte, riuscivo a smaltare e restaurare i mobili.

Giravo nel traffico di Roma con barattoli aperti e i pennelli dentro, pronti all'uso. Stava nascendo la prima vera sede dell'ABA.

Il restauro non ha mai smesso di appassionarmi . Nel mio studio ho sempre vernici, pennelli e rulli che riposano nelle vaschette in cui mischio il colore insieme al diluente per poterlo usare nei ritagli di tempo. Trovo sempre qualcosa da dipingere, qualche segno da coprire, una sedia da trasformare. Le pareti del mio studio sono sempre di un bianco Grecia che mi ricorda quanto amo la cura dei luoghi dove vivo, anche se non mi appartengono.

Decisi di lasciare le pareti spoglie e immacolate. Non le intaccai con quadri o stampe. Qualche tempo più avanti appesi delle bacheche. Col passare dei mesi e degli anni si sono riempite di cartoline, disegni e ritagli di articoli dei giornali che raccontavano del mio libro e del mio lavoro nascente. Il materiale cresceva e arredava le pareti di parole. Storie scritte sui muri, ornamenti narrativi che venivano colti come un ulteriore incentivo a trovare le espressioni adatte a spiegare le emozioni.

Un amico avvocato mi aveva suggerito un giorno di fondare un'associazione. Mi ritrovavo spesso nel suo studio a leggere lo statuto che aveva steso per me. Ero lì quasi per caso, non volevo prendere alcuna decisione. Sarebbe stato un lavoro in più, tempo in meno per poter stare con mia figlia. Bruno ogni volta leggeva con infinita pazienza e dedizione, ma si accorgeva subito che io non lo ascoltavo. Non ci riuscivo, non capivo cosa volessero dire le parole, i termini che usava. Dopo pochi minuti pensavo ad altro. Ancora non riuscivo a capire che il libro potesse diventare altro che un racconto. Fino al giorno precedente sapevo a malapena cosa fosse un'associazione. La mia anima di artigiana si rifiutava di essere rinchiusa tra le maglie di uno statuto.

Lo avevo finalmente portato con me e rinchiuso in un cassetto. Stavo fondando in casa mia, senza averne ancora la percezione, una sorta di gruppo di lettrici di *Tutto il pane del mondo*. Ricordo ancora i loro nomi, i loro volti, le loro storie.

Virginia, ad esempio. Un pomeriggio suonarono alla mia porta tre persone. Una signora di mezza età, vestita elegantemente di cui ricordo gli orecchini, un uomo, suo marito e una ragazza.

181

Appena seduti incominciano a parlarmi della loro figlia minore che si era rifiutata di venire. Dicono che ha letto il mio libro. Non mangia da quando era piccola, risponde male a tutti, spesso scappa di casa e non si fa trovare per giorni. In coro mi chiedono di fare qualcosa, perché si rendono conto della sua sofferenza.

Qualche giorno dopo arriva a casa mia una ragazza che sembra più piccola della sua età. L'aspettavo ma era venuta dieci minuti prima e ne conoscevo solo il nome di battesimo. Mi guarda, appoggiata al lato della mia scrivania e, senza neanche sedersi, mi dice in tono di sfida che lei sta benissimo. Le rispondo che in tal caso, non capisco perché si sia disturbata a venirmelo a dire. Dopo una breve pausa, risponde, penso di aver trovato pane per i miei denti. Senza aspettare un secondo le rispondo, non c'è dubbio.

La prima persona che ho visto cambiare sguardo sulla vita. In pochi mesi Virginia aveva smesso di ricattare tutti non mangiando e si era staccata da sua madre liberandola da un abbraccio mortifero.

Mi sono accorta molto presto che quello che accomunava le persone a cui prestavo ascolto in gruppo era la sofferenza. L'anoressia e la bulimia sono sintomi come la febbre, dietro ai quali un dolore infinito deve essere preso in mano. Poco alla volta, impastandolo come una materia, lavorando sui vissuti e sui pensieri legati al vivere contemporaneo, questo si scioglie lasciando spazio alla parola. Lentamente ci si legittima a vivere, riappacificandosi con il passato.

Una ragazza, non molto tempo fa, viene da me, trascinata dalla madre. La donna, preoccupata per l'eccessiva magrezza della figlia, non si era allarmata per la profonda tristezza dei suoi occhi. Voleva soltanto che lei mangiasse. Incomincia a parlarmi della sua vita, dei suoi ricordi, di quello che sente. Io la interrompo. Le chiedo, lei ha un disturbo alimentare? Mi guarda, la testa leggermente chinata da un lato, mi risponde di no. Le rispondo, va bene.

Bisogna restituire valore e fiducia alla parola dell'altro se si vuol trovare sincerità nel proprio interlocutore. Quando ero piccola non facevo affidamento negli adulti che si occupavano di me, sentivo che la mia voce, quando cercava di raggiungere l'altro, rimaneva sospesa nell'aria risuonando a vuoto.

Allora non parlavo, non chiedevo, diventavo di giorno in giorno una bambina sempre più rassegnata. Cercavo e trovavo da sola soluzioni alle infinite paure che vivevo, mi curavo con quello che era alla mia portata.

Il corpo, cosa è di più vicino a noi? È a portata di mano, ci circoscrive, permette alla diversità delle anime di convivere con le altre, trovando un punto d'accordo, una base comune da cui partire e con cui confrontarsi.

Non potendo intervenire su ciò che ci circonda e non essendo spesso capaci di affrontare l'altro, sembra più semplice prendersela con se stessi. Il corpo diventa il luogo della rappresentazione del conflitto. Nella bulimia e nell'anoressia si cerca disperatamente di anestetizzare il pensiero e le emozioni. Si flirta con la morte nella speranza che qualcuno ci fermi.

Un giorno ho preso una decisione, quella di proporre alle ragazze che erano venute a cercarmi di vederci in gruppo. Erano troppe ormai perché potessi continuare a vederle singolarmente, volevo provare a capire come si sarebbero declinate insieme, cosa potesse muovere in loro il confronto con altre persone chiuse nella stessa gabbia ossessiva.

Il gruppo era formato da otto persone, la più piccola aveva sedici anni, la più grande quarantatré.

Otto sedie, nove con la mia. Sedute in cerchio attorno alla scrivania alla quale avevo terminato il mio libro, corretto le bozze e ricevuto ognuna di loro qualche volta prima di quel giorno. In mezzo, un tappeto di cocco, sul quale non mancavano i due ospiti d'onore, mia figlia di due anni e il cane Pippo, sordo e cieco, il pelo grigio e lungo, senza capo né coda.

Lei giocava, Pippo dormiva, o veniva svegliato da Marzia che aveva deciso di pettinarlo.

Era diventato una sorta di rituale, un modo per iniziare a parlare, una formula che rompesse il ghiaccio, che sancisse la continuità con gli altri incontri.

Le persone entravano, si sedevano e aspettavano in silenzio. Le prime volte non capivo, avevano messo in atto una sorta di accordo silente. Io mi mettevo a sedere, nessuno parlava, tutti guardavano verso la porta. Solo quando Pippo si accorgeva che io non ero dove lui pensava, ma in un'altra stanza, spalancava le due ante di legno spingendole con la testa e entrava nella stanza, poi si addormentava sui miei piedi. A volte mia figlia lo seguiva portando con sé il suo piccolo cuscino, si sdraiava sul tappeto nel centro del gruppo, fingeva di dormire. Pochi minuti dopo si alzava trotterellando tornando dalla tata che l'aspettava dietro alla porta. Una volta che Marzia si rendeva conto di potermi raggiungere senza veti, usciva sorridendo.

Solo così si poteva iniziare. Allora io mi alzavo per chiudere la porta e tornavo al mio posto. Se il centro della camera restava vuoto, se cane e bambina non c'erano, il silenzio faticava a essere rotto.

Erano una presenza accolta con grande tenerezza. Facevano sì che quel luogo fosse una casa anziché un ufficio, un posto che ospitava vita, che suscitava spunti di dialogo.

Valentina arrivava sempre in ritardo, entrava nella stanza quando tutte erano già sedute da un pezzo e prendeva posto rumorosamente, spostando la sedia tre o quattro volte, cercando la posizione migliore per il suo cappotto, scusandosi in modo distratto, senza guardare nessuno in faccia. Quando i suoi movimenti si quietavano si lasciava andare a un sospiro prolungato, come fosse il segnale di partenza per le altre.

Una volta, ancora prima di sedersi, con la sciarpa penzoloni che cercava di tirare su da terra, esordì dicendo, non so voi, ma io rubo nei supermercati. Tanto poi vomito tutto. Io rimasi immobile, solo gli occhi si muovevano per la stanza in cerca di qualche reazione. Quello che si mosse nell'aria fu un coro di voci strascicate, nemmeno tanto esitanti, come se un filo invisibile le tirasse fuori una a una. Anche io, ripetuto sei volte. Fossero state sole in quella stanza non lo avrebbero mai detto. Ero senza parole. Venivo da una lunga terapia analitica e non avrei mai pensato fosse possibile comunicare una cosa così intima. Il senso di colpa veniva affievolito dalla solidarietà, resa possibile dalla medesimezza tipica di un gruppo monosintomatico.

Nascono interrogativi, viene spontaneo farsi domande su di sé. Si parte con l'essere tutti uguali, poi si cresce prendendo le distanze e sottolineando le differenze, pur rimanendo uniti.

Nasce la possibilità di una condivisione, la parola incomincia a circolare.

Tutte queste meravigliose donne sono arrivate sotto il cappello di *Tutto il pane del mondo*, luogo in cui può circolare la parola, libera dal giudizio. Spesso già in sala d'attesa incominciano a parlare, sanno che varcando quella soglia, hanno la possibilità di essere comprese, forse per la prima volta nella loro vita. Talvolta incominciano a parlare perfino in segreteria.

All'interno del primo gruppo l'unica cosa che accomunava le persone che vi facevano parte era una sofferenza e una rabbia tanto grandi che parevano incomunicabili. Per il resto erano tutte diverse. Ai tempi erano uscite da un silenzio totale, sulle spalle uno zaino pesante, una malattia non nominata, che veniva scambiata per un capriccio, per una fissazione estetica. Quasi tutte, durante il primo incontro, dicevano che era la prima volta che potevano dirlo a qualcuno senza sentirsi giudicate, additate, disprezzate.

Dopo un anno le cose erano già diverse.

Un giorno dal fondo della stanza, dopo mesi di silenzio, la voce di Virginia ruppe il silenzio raccontando di aver preso in affitto un piccolo appartamento, con un piccolo letto, un piccolo tavolo e una piccola finestra. Sul davanzale aveva messo tre piccole piante grasse.

I cambiamenti, quelli veri, avvengono senza farsi sentire, sono fatti di piccole cose, realtà quasi invisibili, sotto agli occhi di tutti, eppure si notano solo quando lo sguardo può spostarsi altrove. Piccole piante grasse. Avevano preso alla lettera le mie parole.

Talvolta basta offrire una traccia, un esempio, uno spazio, una virgola. Senza neanche segni non resta che il nostro corpo a dare voce ai fantasmi che ci sono dentro noi.

Qualche tempo più tardi si formò un altro gruppo di otto persone, tre erano uomini. Anche per loro il corpo era il teatro di un dolore che non poteva essere messo in parole.

Uno di loro aveva ventitré anni. Era gentile con tutti, sorrideva sempre. Parlava di sua madre, senza stati d'animo, quasi sottovoce. Diceva che lo controllava in modo ossessivo, apriva tutti i suoi armadi, leggeva la sua posta, i suoi quaderni, talvolta arrivava a seguirlo. Lui faceva apposta a scrivere fogli su fogli e a chiuderli in un cassetto del quale la madre aveva la chiave. Un giorno gli domandai come mai era così difficile arrabbiarsi. La sua risposta fu immediata, mi disse che se avesse reagito avrebbe fatto una strage.

O tutto o niente. Sorrisi oppure urla, vita oppure morte. Mangio tutto il pane del mondo o non mangio nulla. Se perdo questo controllo non fa niente, posso rimediare, vomito. È così che ha inizio il supplizio della bulimia e dell'anoressia.

Come i kamikaze si caricano di dinamite, pronti a sacrificare la loro vita per impedire agli altri di vivere, pronti a usare il loro corpo come un'arma. Amore assoluto o odio assoluto, nessun mezzo termine. Diventa impossibile articolare un discorso. La sofferenza è tanto forte da non riuscire ad essere messa in parole, si cerca in ogni modo una stampella per sopravvivere. Gli atti, senza un pensiero, prendono il posto delle parole e delle cure. A volte dietro tutto questo c'è la paura confondente di distruggere ciò che resta di buono. Una rabbia sorda e indicibile rimane silente e pesante e ingombrante come una zavorra.

Molte persone che ho ascoltato per la prima volta le ho risentite dopo tanto tempo in questi ultimi mesi, grazie a Internet. Ho rivisto i loro volti, le loro foto. Oggi sono diventate madri e padri, mariti e mogli. Ho visto i loro bambini, i loro sorrisi, le loro conquiste. Hanno incontrato l'amore, vivono.

Quello che ho fatto in questi anni, parlando con le persone, conoscendo le loro storie, non è stato altro che una legittimazione, neanche eccessivamente volontaria, della loro facoltà e del loro diritto di vivere.

Il dramma è che chi usa questo tipo di stampelle fatica a rinunciarvi, non sapendo su cosa contare oltre a quelle, per sopravvivere. La riuscita della vita è dominata dal rischio di vivere e dalla relazione con l'altro.

Ho consegnato la mia storia nelle mani di chi ne ha bisogno, di chi vuol capire o essere compreso.

È stata una necessità. Prima di rendere noto il mio vissuto, nei mesi tra la mia guarigione e la nascita di mia figlia, ho sofferto in prima persona la solitudine di chi continuava a rimanere nel silenzio.

Da anni le persone che hanno letto il mio libro mi ripetono che quello che ho scritto è una speranza. Eppure io non penso che si tratti di speranza, bensì di fare qualcosa. C'era una strappo che isolava buona parte delle persone che si muovono in questa società e tutti avevano in tasca ago e filo. Quello che ho fatto è stato soltanto cucire, senza chiedermi se ne fossi capace. Sarei potuta restare ferma dentro di me, ignorare una situazione che non apparteneva al mio presente, dire che non ero capace, che non mi riguardava.

Ma avevo una certezza: tutti possono guarire. Così, mentre pensavo a cosa poter fare per non lasciare alle mie spalle per sempre quella che era stata un esperienza lunga e dolorosa, ho scritto, consegnando il ricordo che la mente mi restituiva senza cercare un ordine particolare.

Una volta pubblicato cominciò a essere esposto nelle librerie, tra gli scaffali, spesso in vetrina. Molte persone che avevo conosciuto mi chiamavano dicendomi di non avere mai saputo nulla.

Questo non era possibile, la devastazione dell'anoressia è visibile. Penso volessero dire che non avevano capito che aldilà del mio corpo scheletrico c'era una storia, la mia.

Poi fu il turno della mia famiglia. Non ne parlo spesso. È una famiglia, quindi si suppone che funzioni come tutte le famiglie della terra, rapporti complicati, screzi, ma anche legami profondi quanto inevitabilmente contraddittori.

Un gruppo di persone che, per quanto diverse, sono legate indissolubilmente, che siano d'accordo o meno.

È a mia madre che ho dedicato la prima copia di *Tutto il pane del mondo*. Le avevo dato la prima copia, e le avevo fatto una dedica lunga e affettuosa. Volevo che fosse lei ad averlo ancora prima che uscisse in libreria. Glielo avevo consegnato prima che partisse per il Marocco chiedendole di non leggerlo.

Lei, naturalmente lo lesse in un giorno, mi chiamò per dirmelo e con tono scherzoso aggiunse che l'aveva mandato giù come un bicchiere d'acqua. È tipico del suo carattere, la sua leggerezza la salva da qualsiasi confronto. Non posso dire che ci rimasi male, me lo aspettavo. Sapevo che nonostante avesse letto di avvenimenti della mia vita, di pensieri e sentimenti che ignorava, non si sarebbe mai lasciata prendere la testa e il cuore.

Qualche giorno dopo mi inviò una lettera. La sua scrittura a caratteri grandi, la grafia ordinata, tonda, dolce, le sue parole, il suo amore che io non ho mai messo in dubbio, mi riempirono di gioia. Mia madre di cultura francese, possiede il dono della scrittura. Tuttavia dietro le sue parole c'era l'ombra della sua innocenza. Con le mani alzate si dichiarava sempre e comunque un'ottima madre, incapace di riconoscere le sue responsabilità.

Mia madre, a differenza di altri che ho incontrato nella mia vita, non ha e penso non avrà mai, alcun senso di colpa. Come si dice in francese, non si fa prendere la testa. E questo è un bene.

Con gli altri membri della mia famiglia non è andata così bene.

Questo libro mi è costato tanto, perché è nato da una lunga elaborazione fatta attraverso l'analisi. La guarigione che ha fatto di me una buona costruzione antisismica mi ha permesso di relativizzare molte cose. Mi ha permesso di mettere a punto uno sguardo diverso sul mio passato. Questo e niente altro mi ha liberata dalle false soluzioni alle quali avevo dovuto ricorrere. Ho dovuto dare un nome alle cose accadute, assumermi la responsabilità di trasformare la mia vita invece di scapparne.

Sono uscita da una sciagura durata troppi anni, l'anoressia e la bulimia sono state cure ingannevoli e sbagliate. Ingannevoli, e distruttive come lo sono tutte le dipendenze. La bulimia in particolare è un vero buco di eroina. Una droga legittimata che si trova nelle vetrine delle pasticcerie, nelle mani dei bambini. Paradossalmente è stata proprio questa devastazione a mettermi sulla strada della cura, togliendomi dalla posizione della vittima. La vita può rompere una persona, abbiamo la facoltà di prenderci la responsabilità di farci aiutare per relativizzare, per riappacificarci con il passato, scegliere quali affetti conservare, quali fare entrare nel nostro cuore.

Nessuno è mai riuscito a perdonarmi di avere intrapreso un percorso di cura. Forse è stato il motivo principale del cambiamento di tutti nei miei confronti prima ancora di aver osato scrivere.

L'anoressia aveva già urlato ai quattro venti una sofferenza che non poteva iscriversi fuori dalla famiglia. Forse avrei dovuto, secondo molti, elaborare le mie questioni in privato, dipingerle con le mie scorte di rulli e vernice, nascondere le macchie. Lavare in silenzio i panni sporchi di una famiglia e non proferire parola. Il mio racconto è stato il segno della rottura di un'omertà parte di ogni gruppo familiare. Mettersi in discussione, cercare di costruirsi in modi diversi fuori dal caos dei compromessi non è stata la scelta di molti.

Molte persone cercano di barcamenarsi per la paura di incontrare verità difficili ma salvifiche.

Il nostro passato non deve diventare persecutorio, farci scappare da noi stessi.

Negli anni ho capito che tutto quello che ho fatto ha avuto un costo alto.

Ho vissuto e vivo la mia vita prendendo strade che la mia famiglia nel tempo non ha capito.

Ho fatto le mie scelte senza chiedere aiuto quando ho sbagliato, probabilmente non lo avrei ricevuto. Non ho scelto la via facile dei compromessi, ho cercato di vivere nella coerenza del lungo lavoro che ho fatto su di me. Non ho adottato la rimozione e la finzione, ho scelto la solitudine piuttosto che il caos della vita mondana, non mi sono omologata.

Quando sono in buona salute scelgo il silenzio e la solitudine nella quale ritrovo me stessa. Ho molto da fare, molte passioni che non ho potuto seguire sempre, in ventitré anni di malattia.

La scrittura di questo libro che conosce dopo vent'anni una nuova veste è coincisa, senza che lo sapessi ancora, con la fondazione di una istituzione riconosciuta da tutti come luogo di cura e guarigione. Ho vissuto e vivo l'ABA in tutte le sue sfaccettature. Non è stato lavorarci, non è lavorare, ma costruirla e viverla tutti i giorni per vent'anni.

Ho capito che questo era troppo per la mia famiglia comunque sparsa in città diverse da quella che ho scelto dopo Roma. Quando, quasi vent'anni fa, sono andata a vivere a Milano dove l'ABA ha fatto i suoi primi e veloci passi.

Tutto quello che ho fatto, le mie manovre di salvataggio, spesso impulsive, dettate dall'urgenza, hanno avuto un costo.

E in tutto questo sono stata isolata, sono diventata per loro una persona ingombrante.

Qualcuno ha urlato, qualcuno voleva denunciarmi, qualcuno ha taciuto per anni per poi esplodere, allontanandomi e rovesciandomi gli arretrati in un solo colpo. Nella confusione di chi non ha potuto elaborare niente. Alcuni si sono mostrati ambivalenti.

Era inverno, l'acqua nella pentola creava un vapore che riscaldava la cucina e appannava i vetri delle finestre. Il gatto dormiva su una mensola.

Mi ricordo di quel giorno perché ho ricevuto uno degli insegnamenti più importanti della mia vita.

Una giornalista del TG1 mi chiamava da giorni a orari improbabili, con voce squillante e tono sbrigativo pretendeva la mia attenzione nonostante le dicessi che avevo altro da fare. Quando finalmente riuscivo a farle capire che ero molto impegnata metteva giù e dopo pochi minuti era ancora all'attacco dall'altro lato del ricevitore. Una sera mi chiamò mentre stavo cucinando la cena a mia figlia. L'intervista mi sembrava infinita, le domande nemmeno molto intelligenti, le sue risposte meccaniche. Rimasi al telefono con lei per quaranta interminabili minuti, dopo una giornata passata attaccata alla cornetta. Quando riuscii a liberarmene mi impegnai a togliere l'apparecchio di torno, spostando tutti i fili per non inciampare per la decima volta. Quando mi giunse una vocina alquanto sicura di sé.

"Mamma, se tu non mi guardi io non esisto".

Mia figlia aspettava che mi sedessi accanto a lei per mangiare, appollaiata sulla sua nuova sedia di legno, già in pigiama, con i gomiti sul tavolo e un'espressione a dir poco annoiata. Quello che aveva detto, la pausa che aveva frapposto tra le parole "guardi" e "non esisto" mi lasciarono attonita.

Non erano le mie parole che voleva, come non voleva il cibo. Era una richiesta, la sua, di attenzione, di presenza. Era uno sguardo, il mio, quello che desiderava. È quello sguardo che ricevono le persone che arrivano all'ABA. Uno sguardo di accoglienza che le riconosce insieme al loro bagaglio di emozioni.

Fabiola De Clercq ha fondato l'"Associazione per lo studio e la ricerca sull'anoressia, la bulimia e i disordini alimentari" (ABA). È presente in Italia con 16 sedi tra le quali la sede di Roma (Via Giambullari 8 – tel. 06-70491912) e la sede di Milano (Via Solferino 14 – tel. 02-29000226). Numero Verde 800-165616; www.bulimianoressia.it

ANNOTAZIONI

ANNOTAZIONI

ANNOTAZIONI

ANNOTAZIONI

ANNOTAZIONI

ANNOTAZIONI

ANNOTAZIONI

ANNOTAZIONI

ANNOTAZIONI

ANNOTAZIONI

Bompiani ha raccolto l'invito della campagna
"Scrittori per le foreste" promossa da Greenpeace.
Questo libro è stampato su carta certificata FSC,
che unisce fibre riciclate post-consumo a fibre vergini
provenienti da buona gestione forestale e da fonti controllate.
Per maggiori informazioni: http://www.greenpeace.it/scrittori/

I GRANDI Tascabili Bompiani
Periodico quindicinale anno XXII numero 329
Registr. Tribunale di Milano n. 133 del 2/4/1976
Direttore responsabile: Elisabetta Sgarbi
Finito di stampare nel mese di giugno 2013 presso
Grafica Veneta S.p.A. - via Malcanton, 2 - Trebaseleghe (PD)
Printed in Italy